全民微阅读系列

让我抱抱你

刘桂先　著

江西高校出版社

图书在版编目（C I P）数据

让我抱抱你/刘桂先著．—南昌：江西高校出版社，2017.9（2020.2重印）
（全民微阅读系列）
ISBN 978-7-5493-6066-6

Ⅰ．①让…　Ⅱ．①刘…　Ⅲ．①小小说—小说集—中国—当代　Ⅳ．①I247.82

中国版本图书馆CIP数据核字（2017）第225556号

出版发行	江西高校出版社
社　　址	江西省南昌市洪都北大道96号
总编室电话	（0791）88504319
销售电话	（0791）88592590
网　　址	www.juacp.com
印　　刷	永清县晔盛亚胶印有限公司
经　　销	全国新华书店
开　　本	700mm×1000mm　1/16
印　　张	14
字　　数	180千字
版　　次	2017年10月第1版
	2020年2月第2次印刷
书　　号	ISBN 978-7-5493-6066-6
定　　价	36.00元

赣版权登字-07-2017-1171

目录 / CONTENTS

第一辑　情爱冷暖

第二辑　带刺玫瑰

第三辑 市井雅俗

第四辑　生命咏叹

第一辑

情爱冷暖

爱情密码

虽然是星期天,但妻子仍然到局里去了。她说上级有一个检查组上午要到,她要和局长一起在办公室等他们。

他把自己埋在沙发里,一支接一支地抽着烟。然而,就在将一截香烟屁股按进烟灰缸的时候,他看到了妻子遗忘在床头柜上的那本带有密码锁的粉红色的日记本。

妻子早就有记日记的习惯。不过,这本日记本是她当上副局长的那天换上的。

虽然从小生活在同一座城市,但是他和妻子以前并不熟悉。大学毕业后,他成了一个派出所的户籍警,她是派出所附近的一所中学的语文教师。在别人的介绍下,他们相识、相知、相爱了,几年以后携手走进了婚姻的殿堂。过去,他总认为他们的婚姻生活一样没有什么特别之处,但是,让他始料不及的是,去年她竟被提拔为教育局的副局长。

妻子究竟是凭什么当上了副局长?他找不到答案。难道正像外界所传说的那样,凭的是和现任教育局局长黄华是大学同学?是曾经的初恋情人?他想找妻子问个明白,但就是开不了口。

现在,妻子那本粉红色的日记本就放在他的手边,只要打开密码,一切就会清清楚楚。

他把日记本拿在手上,心却在不住地颤抖。日记本做得很精致，尤其是那个密码锁。

密码到底是什么呢？他想，会不会是家里的门牌号？他用门牌号试过，密码锁纹丝不动。会不会是她的生日？他用她的生日试过，密码锁还是纹丝不动。会不会是家中存折的号码？他用存折号码试过，密码锁依然纹丝不动……

几个回合下来，他的手上汗渍渍的。他用纸巾擦了擦，随手点燃一支香烟，一边抽一边苦思冥想：密码到底是什么呢？

突然，他想到了教育局局长、妻子的大学同学、初恋情人黄华。莫不是黄华的生日？这样想着，他便走出家门，跨上自行车向派出所奔去。黄华的户口就在他的辖区里。

他在键盘上轻敲几下，储存在电脑里的黄华的信息便全部出现在他的面前。他一下子就记住了黄华的生日——11月18日。

回到家，他迫不及待地用黄华的生日——"1118"再试密码锁。"啪"的一声，密码锁顿时启开了，他也顿时瘫在沙发上。不过，他没有翻看妻子的日记，他觉得事情到了这种地步，不管做什么都是多余的了。

从此以后，他和妻子在一起的时候就感到特别的别扭。不久，他便向妻子提出了离婚的要求。妻子追问原因，他只是冷冷地笑笑，什么也不说。

最后，妻子还是同意了他的要求。

办完离婚手续，他们又回到原来的家里收拾东西。他帮她把那一本本日记本整理好，提醒她记住带走。哪知她淡淡一笑，伤感地说："我带走又有什么用呢？我不敢再翻它们了。"说着，便递给他，"这是我结婚后记下的所有日记，留给你，也算个纪念吧。"

他觉得不好拒绝她。他接过来，拿起那本带有密码锁的粉红

色日记本,脸上佯装出为难的神色:“这是带密码的,我怎么打得开?”

“这个日记本是我当上副局长时,我的好闺蜜送给我的纪念品。密码就是我们的结婚纪念日。”她说着,脸上掠过一丝苦涩。

他的头“嗡”地一震,顿时觉得晕乎乎的。11 月 18 日,确确实实是他们的结婚纪念日。不过,他弄不懂,自己怎么会把它忘了呢?

不是他的孩子

他下定决心,今天就把她送走。

鸡叫头遍,他就起身了。他刚漱完口,就发现她已自己穿好衣服,胆怯怯地站在他的身后——虽然她才七岁。

“洗脸吧。”他第一次这样温柔地说。

他看着她踮着脚,就着面盆熟练地洗着脸,心中不由感到一阵内疚。然而他觉得,这不能怪他。

他是真心爱着兰姑娘的,要不,他不会东借西凑给丈母娘送去一大笔彩礼而和她结婚。可是,结婚才六个月,兰姑娘就生下了她。他气愤,他叹息,他知道自己受骗了。

从此,他觉得兰姑娘不再是那样的可爱。他们经常争吵、打架,没再过上一天安顿的日子。终于有一天,兰姑娘神秘地失踪了——有人说是去广东打工了。可是她为什么要把孩子留下来呢?

孩子是可爱的,可当他意识到孩子不是他的亲骨肉时,连看也不愿看一眼,更不可能像许多年轻的父亲一样疼爱她。他的脾气越来越暴躁,经常骂她打她。他把对兰姑娘的恨全部倾泻在这个还不懂事的孩子身上。

孩子虽然羸弱,但还是一天天长高了。她什么都怕,人们从没见她说过一句话,从没见她笑过一次。她没有零食,没有玩具,她能做七岁的孩子还不会做的事——穿衣、洗脸、做饭、看家……

这几年,他也没停息过。他在寻找她真正的父亲。他要把她送到她父亲的身边,他不想再抚养她,他不想使她成为他重组家庭的累赘。昨天,他终于找到了。

他见孩子洗好了脸,便锁上门,领着她上路了。

他把孩子交给了那位高个子男人——她真正的父亲,转身离去,并越走越快。突然,他听到孩子"哇"地大哭起来。他不由自主地收住脚步,掉转头来。

孩子哭着挣脱了高个子男人的怀抱,向他跑来……

他掉过头去,继续赶路。他不想去理她。

孩子哭得更厉害了,哭得是那样的伤心。哭声撕裂了他的心。他忍不住又掉过了头。他看见她跌倒了,可仍然在挣扎着向他爬来……

他不由一阵心酸,冲动地跑过去,一把把孩子搂进怀里,紧紧地搂着,久久地搂着。孩子也死命地搂着他。他的泪水与孩子的泪水流在了一起……

生死不渝

一

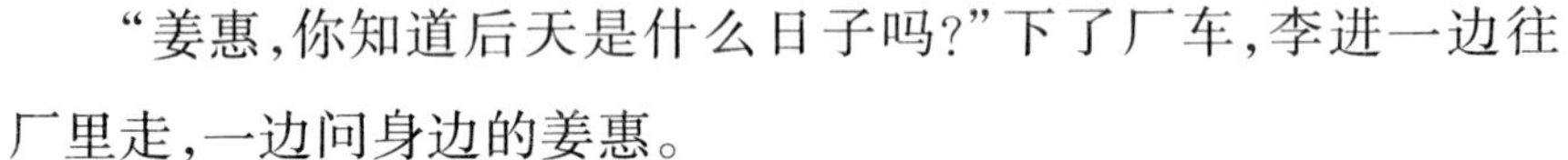

“姜惠,你知道后天是什么日子吗?”下了厂车,李进一边往厂里走,一边问身边的姜惠。

“后天是什么日子?不知道啊。”姜惠对他笑笑,显得有点调皮,“你告诉我,后天是什么日子。”

“七夕节,我们中国的情人节。”李进白了她一眼,嗔怪道,“这个你都不知道。”

他们继续往前走。

李进又一次放慢脚步,等姜惠靠近了,轻轻地说:“我们后天去把证领了吧。人家小年轻都赶这个日子呢。”

“我们和人家小年轻凑什么热闹。”姜惠脸上泛起了红晕,“不过,只要你能像他一样爱我,我就和你一起去凑这个热闹。”

他是姜惠的前夫。

姜惠和他结婚五年,生有一个儿子,今年快4岁了。当初,她的母亲是不同意她嫁给他的,但她非嫁不可。他们非常珍惜来之不易的婚姻,一直很恩爱。可是,去年冬天的一个早晨,他用摩托车送她回娘家,没想到一辆小汽车撞上了他们。在那千钧一发之际,他猛地一把推开她……他用自己的死,换来了她的生。

“我会的。”李进停下脚步,看着她的眼睛,“请相信,我会像他一样爱你,爱你们的孩子,不,我们的孩子。”

姜惠向他身边靠了靠,显得十分温柔:“我也会像她一样对你好的。”

她是他的前妻,不过,一年前就去世了。她患的是尿毒症,根治需要换肾。他曾想把自己的一个肾给她,但她坚决不要。她说,万一有个三长两短怎么办? 只要他能活得很好,她就没有什么遗憾了。

李进被姜惠的话感动了。他忍不住一把抓住姜惠的手。

“快放开,旁边的工友会看到的。”姜惠这么说着,却没把手往回抽……

二

李进和姜惠在同一家化工厂的同一个车间上班。8 个小时一班,倒来倒去,他们便倒在了同一个班次。

这家化工厂建在黄海边上的一个化工企业集中区,离市区有 60 多里的路程,厂里有专门的班车接送职工上下班。因为是同一个班次,他们就同乘一辆厂车来回。加上两个人的家离得很近,下了班车常常一同往回走。一来二去,他们由熟人变成了恋人……

今天,他们又在同一个车间上班。

李进很兴奋,因为姜惠已经答应他后天就去领证。证一领,那就不再是恋人,而是受国家法律保护的爱人了。他向姜惠看去,正巧姜惠看他,俩人会心地笑了。当然,他们也只能会心地笑笑,上班期间分心不得,马虎不得,更何况是在危险性很高的化工企业。

离下班还有两个小时。李进想,下班后得带姜惠那宝贝儿子

去吃顿肯德基。那个小顽皮已经闹过好多次了。

突然,车间内的有毒气报警仪骤然响起,一个声音也随之惊叫起来:“不好了,有毒气泄漏了,赶紧跑啊——”

警报声和惊叫声中,工人们纷纷拼命地向门外跑去。

等李进回过神来,他已经在门外了。也难怪,他上学时就是学校的短跑运动员……

回过神来的李进赶紧找姜惠,可是自己的身边没有。他急了。

“李进,救我……”这时,李进隐隐约约听到了姜惠有气无力的呼叫。循着声音看去,姜惠正跌倒在车间里。她想爬起来,可是已经不可能了。

“救我,救……我……”姜惠呼唤着……

李进急了……

李进疯了……

李进四处找防毒面具,但是就是没有找到。他想往车间里面冲,但最终还是没有冲进去。

“姜惠——”李进大叫一声,跪倒在地。

三

结果,那只是一场虚惊。

车间里并没有毒气泄漏,那是厂里策划的一场以有毒气泄漏为假想事故的应急救援演练。

演练很成功,但李进知道,他和姜惠的爱情结束了。

李进躲着姜惠,他觉得他没脸见姜惠。他不敢打姜惠的电话。姜惠倒是打来几次电话,但是他不敢接。

“七夕”到了。

“七夕”李进和姜惠都休假。李进一个人窝在家里，哪里也不想去。“唉，本来今天是要和姜惠一起去凑热闹的。”他忘不了和姜惠曾经的约定。

电话响了。一看，又是姜惠的。李进很不情愿地摁掉。

电话又响。一看，还是姜惠的。李进狠了狠心，又一次摁掉。

李进流泪了。他突然想起一首情歌，可是……可是那情歌叫什么来着？对，叫《没有情人的情人节》。唉，我是有情人的啊……

门铃响了。

李进打开门，姜惠正站在门外对着他笑。

“怎么了，不是说好今天去凑热闹的吗？”姜惠问道，“是不是反悔了？”

“我对不起你，我不配和你……”李进说，声音很低，但全是心底里的话。

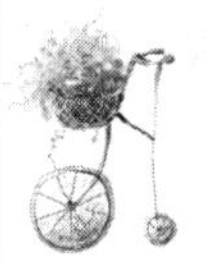

“你做错什么了吗？我没觉得你做错什么啊。”姜惠反问道。

“你别这样说。”李进哭了，“那天，我……我……我说过像他一样爱你，可是我没做到……”

“我再说一遍，你没做错。”姜惠认真地说，“没有防毒面具你怎么救我？盲目施救的后果你我都知道啊。万一……我们都没了，孩子怎么办……”

“那你那天……”

“既然是演练，总得编故事，总得有演员吧。”姜惠笑了，“厂安全办编好了故事，我被他们选中做起了演员。”

李进长舒一口气，一把把姜惠搂在怀里：“其实，我是真心爱你的……”

“我知道。”姜惠在他的耳边说，“我们去凑热闹吧。”

“好。”李进这么说着，却把嘴唇向姜惠凑去……

丑 妻

除了饮茶外，他没有其他任何嗜好。其实，他那不叫饮茶，准确地说应当是品茶。不管是什么茶，到了他嘴里总能品出个子丑寅卯来。妻子一向称他为“茶客”。

他的茶总是他的妻子泡。妻子在茶厂工作过。

妻子什么都好，就是人长得不怎么样，尤其是那张黄脸和细眯细眯的眼。他也曾婉转地建议妻子用些高档化妆品修饰修饰，然而，妻子不肯。她笑着说，我这样不挺好吗？几十年都过来了，现在还追什么时髦。看着自鸣得意的妻子，他笑了，不过，多少有点苦涩。

这年头应酬就是多，他也不例外。因为妻子带不出去，他往往独往独来。他认为这样好，既不影响别人情绪，也不使自己难堪。不过，这样做也带来了麻烦，一次朋友聚会上，一个年轻漂亮的女人走进了他的生活。

与那位年轻漂亮的女人相比，妻子显得更丑了。一回到家里，看到丑妻，他的心情就特糟，心情一糟，说话也就没有好语气。妻子什么也不说，还是那样默默地给他泡茶。

后来，他觉得再也不能和丑妻生活下去了，便提出了离婚。妻子足足哭了三天三夜，但最终还是同意了。临去民政局办理离婚手续的时候，她又默默地给他泡上一杯“龙井”，让他带着。这时，他陡然升起一份内疚，但看看那张黄脸，那双细眯细眯的眼睛,他还是下定了决心。

离婚不久,他便又结了婚,新娘当然是那位年轻漂亮的女人。她很爱他,知道他喜欢饮茶,每天总是像他前任妻子那样给他泡茶。不过,他总觉得品出来的味不那么地道。不地道的茶还饮它干什么？后来,他竟然以饮矿泉水代替了饮茶。

一年后的一天,他在城中公园里被一位似曾相识的女人所吸引,只见她略施粉黛,显得那么的妩媚动人。细细一看,他不由惊呆了:原来是他的前妻。

“你好吗?”他问道。

“还好。”她莞尔一笑。突然,她看到他手中拿着一瓶矿泉水,不由奇怪了,“怎么,不再当‘茶客’了?”

他没有告诉她不再饮茶的真正原因,而是说现在时兴喝矿泉水。她听了,不无遗憾地说:“太可惜了。”

“也罢。再说,泡茶也麻烦。”他说。

“麻烦不一定,有讲究却是真的。”她如数家珍似的说道,“泡茶的人最好不要用化妆品,否则,泡出来的茶就不地道……”

“真的？有这么回事?”他简直不敢相信。

“这怎么会有假,我的师傅当年就是这样说的。”她告诉道。

他惊呆了。他问自己,我饮了这么多年茶,怎么就不知道这么多讲究呢？她又为什么不早点告诉我呢?

她走了,是和一个男人一起走的。看得出,他们已是一对情侣了。看着他们远去的背影,他突然扔掉了手中的那瓶矿泉水。他决定以后还是饮茶。当然,他只能自己泡,自己饮,细细品。

妻子的阴谋

唉，一夜不睡觉，换来的是三千元钞票打水漂，这可是一个月的工资啊。金祥打着哈欠，沮丧地跨上自己的摩托车。此时，已是凌晨四点，路上已经看到晨练的男男女女了。

如果不是要加件羊毛衫，金祥是不可能回家的，到街头吃碗水饺就可以直接赶往公司上班。金祥是丰收农化公司的职工。

打开家门的一刹那，金祥发现家里透着灯光。是钱凤起床了还是根本就没有上床？莫非又在给我玩什么苦肉计？金祥这么想着。一抬头，傻了——客厅沙发上蜷着两个人，一个是他的母亲，一个是他的妻子钱凤。

妈，您怎么来了？又怎么不上床睡觉？金祥问道。

下午就到了，是钱凤把我接来的。你不回家，我怎么睡得着？母亲说着，阴沉着脸，全没有见到儿子的兴奋和高兴。

你怎么不打电话告诉我一声？金祥转而怪起钱凤来了。

我打了，可是你手机一直关机，我能打通吗？钱凤说，语气中充满了委屈。

想想也是，自己一下班手机就关机，钱凤是无法联系到自己的。钱凤为什么要把自己母亲接来，而且事先也没有和自己商量，金祥很想向钱凤问个明白。可是，钱凤只要一句“你不回家，我怎么和你商量”就可以把他顶回去。再说，儿媳妇把自己的婆婆接到城里同住有什么错吗？金祥把自己要问的问题咽了回去。

但是,他总觉得这是钱凤的一个阴谋。一个怎样的阴谋,目前他还说不清楚。

在金祥看来,妻子和自己的母亲感情一般。当初,母亲是反对自己和钱凤结婚的,原因是钱凤的岁数比金祥大。但是,后来他们还是结婚了,并离开淮北乡下的老家,在这座黄海之滨的港城找到了工作安上了家。离开老家,是有和母亲相处不好的因素的。这么多年来,婆媳俩的关系虽然有所改善,但没有改善到足以让钱凤主动到淮北乡下把老人家接来的地步。何况,是在他们夫妻关系紧张,俩人共同组建起来的家庭很难保证还能支撑几天的情况下。

金祥弄不明白,他和钱凤之间什么时候开始出问题的,到底出的什么问题?他只知道他们俩要说的越来越少,吵架的次数却越来越多。一吵架,他就不想回家,就和工友们混在一起成夜成夜地打麻将。从中,他品尝到了无穷的乐趣,并乐此不疲。当然,他也想过,如果他和钱凤有个孩子会不会好一点?那是一种牵挂啊。他也只是这么想想而已,绝对没有怪罪钱凤的意思。没有检查过,说不准到底是谁的责任。

自己彻夜不归,一下班就沉溺于麻将之中,钱凤曾经好言相劝过,但是金祥听不进去。有几次钱凤就差跪下了,流着泪说,你可以不要我,但不可以作践自己的身体。金祥朝她冷笑,依然我行有素。后来,钱凤像换了个人似的,一下班就跟踪他,就到他打麻将的地方大吵大闹,甚至掀麻将桌。金祥更来火了,越发不想回家了。现在,他们俩已经分居好久了。

金祥拿了件羊毛衫就要出门。母亲关照他,晚上下班后一定要早点回来。他点点头,答应了。

下班了,金祥真的就要往回赶。工友们,实际上也是麻友们拦住他，问，怎么回事，今夜不玩了？

母亲来了，总得回家陪老人家吃顿饭吧。金祥说。工友们咂咂嘴，表示理解。

一到家，钱凤已经把喷香的饭菜端上桌子了。金祥已经记不起和母亲一起吃饭的日子了，他觉得好温馨好温馨。

饭后看了一会儿电视，母亲说有点累，先睡了，并要他们也早点睡，第二天上班好有精神。金祥是想早点睡，可是睡哪呢？家中只有两个房间，一个给了母亲，还有一个是钱凤的，睡沙发母亲发觉肯定不好。他敢保证，钱凤是不会把他们之间的情况告诉母亲的。无奈，他只好厚着脸皮走进钱凤的房间。

第二天上班，母亲又一次关照金祥下班后早点回来。金祥答应了。

第三天上班，又是如此。

……

一眨眼，母亲过来好多天了。看上去，她和钱凤处得不错，也很习惯和他们一起的生活，她还就没有提过什么时候回去。其实，回不回去一个样，金祥的父亲早就过世了，母亲在淮北一个人还真不如和他们一起过。

金祥想，既然母亲一时半会儿走不了，他就不能天天回来陪着她。老人家是要陪，但工友们不能不相处啊。这么多天不和他们打麻将，他们已经生气了。再不挽回，可能以后朋友都不能做了。

当天，金祥下班后没有回家，和工友们一起又打起了麻将。但是，他不敢玩得太久，害怕玩久了老太太会啰唆。当他夜里十二点钟踏进家门时却傻眼了，一桌子的饭菜谁也没有动。母亲在等她，钱凤在陪着她。

妈，您这是何苦啊。金祥急了。

你不回来，我吃不下，也睡不着。母亲说。

金祥质问钱凤为什么不好好劝劝老人家。钱凤说，我劝了，可是妈不听。

唉。金祥不由叹了口气。

又一天下班了，金祥狠了狠心，还是和工友们一起走了。可是，当他半夜到家时，前一夜的场景又一次出现了——一桌子上的饭菜谁也没有动。母亲在等他，钱凤在陪着她。

妈，你不要这样。金祥都有点生气了。

反正我说了，你晚上不回来我就不吃不睡。母亲很坚决，说，要不你把我送回去。看不到，我也就不管了。

金祥不知道说什么好。

儿子啊，我也这么大岁数了，和你一起吃饭也是吃一顿少一顿啊。你在外面的那些事，哪就比和我在一起更重要？母亲说完，就开始一声不响地抹眼泪。

金祥震惊了。看着眼前虽已年迈，却仍然牵挂着自己的母亲，金祥感到从未有过的惭愧。他下定决心，以后一下班就往回赶。当然，工友们肯定会笑话他，但他想开了，觉得无所谓了——孝顺母亲，传出去不丢人。

回家时，钱凤早已把饭菜做好。她在一家保险公司做业务员，时间可以自己安排。陪自己的母亲，吃着老婆亲手做的饭菜，金祥觉得也是一件惬意的事情。饭后，他们总会出去散散步。去得多的，便是离家不远的银杏湖公园。

银杏湖公园里，长满了银杏树。银杏树下，小年轻们手拉着手肩并着肩，说着、笑着、嬉戏着……看着看着，金祥不由想起自己和钱凤那段美好的时光。那个时候他经常逃过母亲的眼睛出去和钱凤在一起，虽然没有公园，也没有银杏树，只能往庄稼地里钻,但是一样感到很快乐。想着想着,金祥情不自禁地挽起钱凤的手臂。钱凤看他一眼,向他依偎过来。母亲却好像什么也没有看到,径自往前慢慢地走着……

金祥变了。他不再和工友们一起打麻将了,一下班就往回赶。工友们还是玩。金祥劝过他们好多次,苦口婆心地劝,他们就是不听。金祥很无奈。

这天,金祥回来了,却好像惊魂未定。母亲问,儿,你怎么了?

金祥说,妈,我得感谢您,要不是您,我的小命就没了。

原来,今天上班时,几个工友蜷在墙角睡着了。也难怪,天天夜里打麻将,白天怎么可能还有精力上班?精力充沛的金祥见他们睡着了,就从自己的岗位上跑过来叫他们。可是,怎么叫也叫不醒,他急得就差拿脚踹他们。突然,他发现一只反应釜好像有异常,一看压力表,表针已经超过了红色的警戒线。反应釜里是易燃易爆的物料,压力超过极限,随时都有爆炸的可能。他吓出了一身冷汗,立即果断采取停车卸压等措施,避免了一起重大的生产安全事故,救了自己,也救了工友们。

母亲似乎听明白了金祥的话。她说,儿啊,你是我生的,为什么要感谢我呢?要感谢就感谢你那口子吧。当初,我是不想来的。我在老家过得好好的,要来做什么呢?可是,钱凤却死命地求我,都给我跪下了。还说,如果不来,金祥会没了的。那些话啊,把我闹得像吃了迷幻药似的……

钱凤呢?钱凤去哪了?金祥放眼找去,只见钱凤躺在沙发上。

你怎么啦?金祥关切地问道。

不舒服,浑身不舒服。钱凤有气无力地说。

如果有个三长两短那就糟了。金祥急了,赶紧带着妻子去了医院。一检查,好事。医生说,恭喜你们,你们等着做爸妈吧。

金祥喜出望外,凑近妻子的耳朵,说,你的阴谋,真是一箭多雕啊! 说这话时,金祥的心里满是愧疚。

补　课

市政府办公室方主任星期一上午上班刚踏进办公室,办公桌上的电话便急促地响了起来。他拿起话筒一听,原来是黄市长找他。黄市长要他立即通知机关全体工作人员九点前到会议室集中,由一位老师给大家补上一堂非常重要的课。他还特别关照方主任别忘了给老师准备一块黑板和几支粉笔。

方主任问道:“老师在哪儿? 要不要我派车去接?”黄市长说:“你按照我的要求抓紧准备就是,老师由我亲自去接。”方主任心想,这老师一定了不得,不是北京来的学者,就是省里来的专家、教授,要不哪要黄市长亲自去接? 这课的内容也一定比 WTO 规则、金融知识、法律法规还要重要,要不哪要黄市长亲自布置? 方主任这么想着,便忙不迭地动起来,生怕出半点差错。

尽管是星期一,手上有许多事情要处理,但机关里大大小小的官员接到方主任的通知后还是陆陆续续地走进了会议室。不过,大家也都和方主任一样弄不懂到底是什么人来补什么课,让黄市长如此重视。一时间,会议室里议论纷纷,热闹非凡。

这时,不知是谁说了声“来了”,大家放眼看去,只见黄市长的黑色小汽车正稳稳地停在门外,从车内走出来的除了黄市长,还有一位身穿蓝白相间的校服，脖子上戴着红领巾，看上去不过八九岁的小女孩。看着小女孩子跟着黄市长向会议室走来，大家更加诧异了："讲课的老师呢？难道黄市长没接来老师却捡到一个小女孩？"

在大家惊诧的目光中，黄市长领着小女孩走上了讲台，本来还乱哄哄的会议室顿时安静了下来。黄市长朝大家摆摆手，说道："今天是星期一，我知道大家都很忙，但我觉得这堂课一定要给大家补上，并且要很快地补上，一天都不能耽搁。"说到这里，他很严肃地扫了会场一眼，沉重地说道，"其实，这堂课早该补了，拖到今天我也有责任。"突然，他提高声调继续说道："在这里，我要感谢我今天上午上班时收到的一封信，尽管这封信不长，字也写得歪歪扭扭，有几个字不会写还得用汉语拼音代替，但是却让我受到很大的震动。在正式补课之前，我想请方主任给大家念一下。"黄市长说着，从口袋里掏出一封信来，递给坐在前排的方主任。方主任站起身接过信，愣在那里好半天都开不了口。在黄市长的再三催促下，他才在大家好奇的目光中念了起来："敬爱的黄伯伯：您好！我叫李婕，是市实验小学一年级学生，我每天上学放学都从市政府门前走过，我每天都看到挂在市政府大院大门上的国徽。进入市政府大院的大门边立着一个提示牌，上面写着'尊敬国徽，主动下车'，可是我看到叔叔阿姨上班下班时很少下车。黄伯伯，是不是叔叔阿姨上学时没有好好学习不认识那几个字呀？那几个字我们已经学过了，我也可以帮叔叔阿姨补上这一课……"方主任读完了，但是他还是拿着信，久久站在那里。大家也都你看看我，我看看你，脸上的表情很不自然。

这时，黄市长把小女孩领到讲台中间，对大家介绍道："同志们，这就是给我写信的李婕同学。我今天专门把她请来给大家补课，请大家欢迎！”会场上先是一片静寂，随后还是响起了掌声，并越来越热烈。李婕对大家行了一个少先队礼，奶声奶气地说道：“叔叔阿姨们，老师经常对我们说，国徽是祖国的象征，我们每一个人都要尊敬她。我今天给大家教的是‘尊敬国徽，主动下车’——”说着，拿起粉笔在小黑板上一笔一画地写上“尊敬国徽，主动下车”几个大字，并有板有眼地念道，“尊敬国徽——主动下车——”“尊敬国徽——主动下车——”会场上大大小小的官员们跟在小李婕后面一字一句地念着，每个人的脸上都红扑扑的……

大　傻

大傻姓张名有富，但自从五岁那年得了急性脑炎后，除了爸爸妈妈和晓兰，就没有人再喊他有富了。

大傻 20 岁了，他什么事情也不做，什么事情也做不来。他整天手拱在袖管里，哈着腰，缩着头，傻乎乎地笑着，连鼻涕流到嘴里都不知道擦一擦。他四处闲逛。当然，去得最多的还是村部，因为那里人多，他喜欢热闹。

村团支部书记有根招招手，让大傻往身边靠一靠。有根问：“大傻，想不想婆娘？”

大傻“嘿嘿”一笑，露出满口黄牙：“想！”

“想谁做你的婆娘？”有根还问。

“晓兰！”大傻脱口而出，随后仍然傻乎乎地笑着。

“为什么想晓兰做你的婆娘?”有根继续逗他。

“她最好,最最好。”有富吸一口鼻涕,傻笑着。

“我看你还想——”有根扯开大傻的裤子,将一杯冷水倒进大傻的裆里,冻得他乱跳乱蹦。谁都知道,有根曾追过晓兰,不过晓兰一口将他回绝了。

没过多长时间,有富又拱着手,哈着腰,流着鼻涕,傻笑着站到人群中来了。

有根问:“大傻,你想晓兰怎么想呀?”

大傻摇摇头。他真的不知道。

有根拉过大傻,告诉道:“晓兰走的路,你要修好;晓兰睡的床,你要焐暖。还有,看到晓兰,你就喊,晓兰,我要你做我的婆娘。”

大傻吸一口鼻涕,点点头。他说他懂了。

其实有根说的不过是一句玩笑话,大傻却当真了。晓兰是村妇女主任,从她家到村部的那条路刚刚修过,但是大傻却整天拿着一把大锹不停地铲啊铲,看到晓兰便大声叫道:“晓兰,我在为你修路,你走好啊!”

晓兰问:“有富,你为什么要为我修路呢?”

大傻答道:“我要你做我的婆娘。”

晓兰一愣。“快回去,不要听他们胡说。”晓兰帮大傻把大锹上的烂泥擦干净,还掏出手帕,帮他擦一擦流到嘴里的鼻涕。

但是,大傻不回去。他整天整天地修着路。

晚上,晓兰回到家里,突然,听到自己的闺房里好像有什么声响,拉亮电灯一看,原来灰头土脑的大傻正钻在自己的被窝里。他见了晓兰,傻笑道:“晓兰,我在为你焐被子,你做我的婆娘,我天天为你焐被子。”

晓兰把大傻从被窝中拉出来，说："快回家，再不回家你爸爸又要打你了。"

大傻经常挨爸爸打，也很害怕爸爸打。但是，不知咋的，他今天就是赖着不走。

晓兰的父亲拾起一根棍子，吓唬大傻。大傻一边往后退，一边喊："晓兰，我要你做我的婆娘，我要你做我的婆娘。"

晓兰的父亲挥起棍子，忍不住真要揍他。

晓兰抢过父亲手上的棍子，说："一个傻子，有什么计较的。"

大傻就这样天天为晓兰修路，天天神不知鬼不觉地钻进晓兰的闺房为晓兰焐被子，搞得晓兰哭笑不得。父亲对晓兰说："你对大傻不能太客气，下次他再这样，你就打他几下子。把他打怕了，他也就不敢这样了。"

晓兰说："这又何必呢？"她叹一口气，"难得他有这番情意。"

晓兰要到县妇联参加一个学习班，大傻不知道，仍然整天忙着修路。

晓兰的父亲说："大傻，你不要修了，晓兰不从这儿走了。"

大傻瞪着大眼睛，傻笑道："你骗我。"

"我不骗你，她嫁到老远老远的地方，做别人的老婆去了。"晓兰的父亲想，这是让晓兰摆脱大傻纠缠的好办法。

这办法还真灵验。这一天，大傻没有再修路，晚上，也没有再到晓兰床上焐被子。他伏在村部门前的台阶上，屁股朝着天，号啕大哭。

有根问："大傻，还想晓兰做你的婆娘吗？"

大傻吸一口鼻涕，说："不……不想了。"

"为什么不想了？"有根故意逗他。

"晓兰做别人的婆娘去了。"大傻哭着，说着。说着，哭着，泪

水、鼻涕不停地往嘴里流。

然而，第二天，大傻又开始修路了，晚上，还又神不知鬼不觉地来为晓兰焐被子。他说："晓兰总有一天会从这条路上回来，总有一天会到这张床上睡觉的。"说这番话时，他不像个傻子。

"真是个傻子。"有根开始不安了。他想，照这样下去是会出事情的，趁晓兰学习还没有回来，得想个办法治治他。

玫瑰诱惑

那天下午，我正和我们秘书科的小王等笔杆子们商量着给局长起草一个会议上的讲话稿，突然一个妙龄女郎走了进来。她手捧一束鲜艳的玫瑰，浅浅一笑，问道："谁是吴水先生？"

"我就是。"我随口答道，并投去诧异的目光，"你是……"

"我是康乃馨花店的送花小姐。一位小姐让我把这束红玫瑰送给您，她祝您情人节快乐。"

小姐说着，双手把红玫瑰递到我的面前。我顿时想起，今天是2月14日，情人节。

仿佛是注射了一支大剂量的兴奋剂，刚才还在为讲话稿如何起草而苦思冥想的笔杆子们全都冲着我开起玩笑。

"啧啧，艳福不浅啊，吴科长！"

"看不出来，你老兄还有这一套，让人好眼馋啊！"

"快坦白，你那位情人的芳名叫什么？"

……

面对凭空冒出来的情人，我是一头雾水。说老实话，我吴某人除了妻子之外，几乎没有什么异性朋友，更何况情人了。我问送花小姐道："是什么样的女人让你送花给我的？"

小姐还是那样浅浅一笑："是一个年轻漂亮的女人，至于叫什么名字嘛，她没说，我也没问。不过，她和我们老板很熟。对了，你可以给我们老板打个电话问一问。"小姐说着，递给我一张上面印有一串电话号码的花店老板的名片，便迈着轻盈的步子，走了出去。

笔杆子们从我手上抢过玫瑰，嬉笑着传开了。我板着脸，一本正经地说道："好啦好啦，别再闹了，这事传出去不好。"

我说的是大实话，这事传出去确实不好。作为副局长的提拔人选，组织部近期将要对我进行考察，在这种时候传出桃色新闻，可不是闹着玩的。不过，这束玫瑰到底是谁送给我的呢，我又无法不想。是中学同学阿芳，那不可能，虽然那个时候双方都有那么一点意思，但这么多年不联系了，她怎么可能在情人节给我送来一束玫瑰花？是过去的同事阿芬，也不可能，虽然那时我们相处得就像兄妹，但从来就没往其他方面想过，更何况她去省城工作已经多年……我真想给花店老板打个电话问一问，但当着同事们的面我开不了口，也不想有什么话柄留给他们。如果不理智对待这件事，对我的提拔肯定不利。这一点，我心里明白得很。

"铃……"这时，电话铃响了。

小王拿起话筒。对着话筒，小王没有说出几句话，便笑得直不起腰来了，一屋子的人也跟着莫名其妙地傻笑。

放下话筒，小王一边笑着，一边告诉大家："电话是吴嫂打来的，她问吴科长有没有收到她送来的玫瑰。哈哈，吴科长两口子也真浪漫，我还以为吴科长真有什么情人呢！"

原来这束玫瑰是自己老婆送来的，真没趣。要是真有什么女人给我送玫瑰，那也不是什么坏事。我在心底忍不住这样想着。

晚上下班回到家里，只见老婆正闷坐在沙发上。

“你怎么啦？”我关切地问道。

“你说我怎么啦？”老婆反问道。

“我怎么知道你怎么啦。”我没好气地说。

老婆白了我一眼，冷笑道：“那你总该知道情人节送玫瑰给你的是哪位小姐吧。”

“开什么玩笑，你不是说那束玫瑰是你送给我的吗？”我分辩道。

“结婚这么多年，我什么时候这么浪漫过？”老婆说道，“那个送花小姐一出你们秘书科的门，就有人打电话向我揭发你了。你知道不知道，你这次能不能提拔，现在正是关键时期。要不是我故意打了个电话，谎称给你送花的是我，这影响怎么能消除？”老婆说着说着，竟然流下了眼泪。

突然，老婆“腾”地从沙发上站了起来，指着我的鼻子说道：“不过，咱内外有别，你今天不把那个女人交出来，就给我滚出去！”

我愣在一边，急得什么也说不出来。

“你交不交？”老婆喝问道。

“我发誓，我……我真没有什么情人。”我说，“我也真的不知道那束玫瑰是谁送的。”

“不交代，你就给我滚。”老婆拉开房门，使劲把我向外推去。

这一推，正好把我推在一个人的身上。我抬头一看，原来是老婆的表妹小芹。过去她常来我家玩，只是近几年来得少了。

“表姐，你们怎么啦？”小芹问道。

“没什么。”我们尴尬地笑笑。

小芹也笑了。她说:“你们吵架,肯定是为了那束玫瑰吧?”

“你怎么知道的?”我问道。

“那束玫瑰是我派人送的。”小芹告诉道,“最近,我和我的男朋友开了一家花店。今天是情人节,我们做了一个游戏,分别给5位男士送去了玫瑰,想看看谁能做到面对诱惑而坐怀不乱,不为所动,不去找我们打听送花的情人。结果,只有咱表姐夫做到了。”

“原来是这么回事。”老婆对我深情一瞥,笑了。可是,我怎么也笑不出来。

母亲的遗书

父亲去世了,宏祥突然想起母亲的遗书。

三年前,弥留之际的母亲颤抖着双手,把一封封得紧紧的信交到宏祥的手里,说:“祥儿,这是我的遗书,你要把它收藏好,等你爸爸百老归天的时候再打开它。”当时,宏祥流着眼泪,咬着嘴唇点着头。

宏祥从箱子底下拿出母亲留下的那封遗书,心想:这上面到底会写些什么呢?母亲为什么要我在父亲去世后再打开它呢?思来想去,宏祥觉得肯定是母亲要他把父亲的后事料理好。

在宏祥的眼里,父亲不但是一位称职的父亲,而且是一个模范丈夫。母亲常年生病,父亲总是服侍得无微不至。记得有一次，母亲一连几天昏迷不醒，医生说："病人快不行了，你们不要再费心了。"可是，父亲偏偏不信母亲就会这样离开他。他整天整天地守在母亲的身边，用汤匙喂她水。五天之后，奇迹出现了，母亲竟然睁开了双眼。那个时候，宏祥看到父亲的眼睛里溢满了泪水。

俗话说，病人气多。常年生病的母亲时常会无缘无故地冲着父亲发火。不管母亲火气有多大，父亲总是默默地坐在一边，仔细地听着，一副诚惶诚恐的样子，决不会与她争辩。等母亲的火发完了，他才会轻轻地喊着她的名字，问她是不是哪里不舒服，要不要喝点开水。

母亲一生中对父亲充满了感激。她常常对宏祥说，我的命是你父亲给的，没有他，我坟头上的草已经剐过好几遍了。宏祥记得，母亲是依偎在父亲的怀里去世的。她的神情很安详，显得非常幸福。

宏祥想着想着，眼泪便又流出了眼眶。他慢慢地撕开封口，抽出那张折得正正方方的信纸——那上面，正写着母亲的遗言：

祥儿：

父亲去世后，你要把他的骨灰和王阿姨的骨灰合葬在一起。你父亲和王阿姨一直相爱着，但是为了我，你父亲没有忍心和我离婚，他们也就没有能够成为夫妻。这也算是我对他们的报答吧。

切记！

母亲绝笔

看到这里，宏祥傻了。他只知道王阿姨是爸爸的同学和同事，是妈妈的好朋友。现在，他终于明白了，王阿姨为什么终生未嫁，为什么她去世时，母亲和父亲哭得一样伤心。

肇事逃逸者

晚上十一点,幸福街上发生一起车祸。“110”接警车赶来时,受害人已重度昏迷,生死难卜。

据目击者称,由于天气太冷,当时街上并没有多少行人,可偏偏一辆疾驰而来的摩托车将一男青年迎面撞倒。肇事者曾经抱起满面是血的受害者,但不知为什么,后来却置受害者不顾,匆匆忙忙地逃逸而去。

警方在设卡拦截的同时,迅速展开周密的调查。

根据遗留在现场的摩托车,警方很快查到了车主。车主说,摩托车是由他的朋友骑走的。朋友是一位外省来的打工仔。今天晚上,朋友来找他时,显得十分的沮丧,说是失恋了,心中烦得很,想骑摩托车出去兜兜风,哪知竟出了这么大的事。

时间一分一秒地过去了,四处哨卡仍然没有肇事逃逸者的下落。

这时,正在医院住院的交警大队王大队长闻讯赶回了队部。他拿起现场照片,不由大吃一惊——受害者原来是他老战友的儿子小张,他们彼此熟悉得很。

听完副大队长的简要汇报,王大队长很有把握地说:“肇事者不会逃远,大家现在就跟我走。”

警车闪烁着红灯,载着王大队长他们向市人民医院驶去。很快,警车停在市人民医院的住院部。王大队长带领干警们走上病房楼，推开一间病房虚掩着的门。

病房内，只见雪白的病床上，一位姑娘静静地躺着，床头柜上的花瓶里，插着一枝含苞欲放的红玫瑰。一位男青年耷拉着脑袋，默默地站在墙角。他，正是肇事逃逸者。

审讯很快便开始了，肇事逃逸者老老实实地回答着警方的讯问。

“你知道肇事逃逸罪加一等吗？”

“知道。”

“可你为什么还要逃跑呢？”

肇事逃逸者突然沉默了。

警方再次追问，可他仍然沉默着。

这时，一直埋头抽烟的王大队长扔掉烟蒂，不紧不慢地说道：“其实，你不回答我也知道。是受害者强打起精神，恳求你将他手中拿着的那枝红玫瑰送到正在医院住院的那个小姐的病床前……”

肇事逃逸者猛然抬起头，惊讶地看着王大队长。干警们的脸上，同样是惊诧的神情。

王大队长告诉大家，那位在医院住院的姑娘是小张的女朋友。今年夏天，她被查出患有白血病。住院以来，小张每天都会在她的床头插上一枝红玫瑰。晚上十一点，正是他从花店取回红玫瑰送到女朋友床头的时候……

肇事逃逸者被押走了，王大队长却久久地坐在那里，闷着头抽着烟，什么话也不再说。

深秋时节

中风以来，每天早晨，女儿小丽都会和今天一样推着他，来到这座城市的人民公园，让他呼吸呼吸新鲜空气。

没有什么风，但梧桐树的叶子还是不时地飘下，落在洒满银霜的小道上，晨练的人们踩在上面，发出“咯吱咯吱”的声响。这每一点声响都好像重锤一样敲击在他的心坎上，使他陡然升起一丝忧伤。是啊，自己就是这深秋时节的落叶啊。

女儿将车子停在路边，随晨练的人们跳起了广场舞。他很想让女儿把车子往旁边推推，免得挡住了别人的道，但他无法向女儿表白。这次中风，他不但变得鼻眼歪斜，四肢僵硬，而且还失去了说话的能力。他曾是一名教师，过去可是靠嘴巴工作的呀。

他静静地倚在车子上，用羡慕的目光看着晨练的人们。

突然，在晨练的人群中，他似乎看到了一个他一直魂牵梦萦的身影。对，一定是她，尽管那一头秀发已经被满头白发所替代，尽管那清秀的脸庞已经失去了光泽，尽管那纤细的腰身已经变得有些弯曲……他心潮激荡，嘴唇不住地翕动着，但他无法喊出她的名字。

她，是他的初恋情人。

那时，他们都很年轻。多少个星期天，他们合骑一辆自行车到郊外采野花；多少个夜晚，他们在那不知名的小河边走啊走，谈啊谈。但是，他的父母却反对他们交往，怕家庭成分不好的她影

响了他的前程。他犹豫了，不再去找她了。她什么也没有对他说，只是默默地承受着这一切。后来，她通过关系调走了，从此便杳无音讯。

他就这样坐在车上，痴痴地想着她，痴痴地看着她，看着她熟练地跳着他不知名的舞蹈活动着身子。

不知不觉中，乐曲停止了，她在向身边的人们打着招呼。是啊，她该回家了。这时，他心中升起一个希望，希望她从自己的身边走一走，对自己看一看！

啊！她朝他走来了，她来到他身边了……他使劲地挪动着身子，想引起她的注意。其实，他现在这种样子，她怎么能认出他来呢？他使劲地动着嘴唇，但仍然无法发出声响，让他真正体会到了什么是人间最大的痛苦。几十年了，他一直想告诉她，后来他去找过她，但几次都没有找着；后来他去支边了，好多年后才回来；后来他结了婚，生了一个女儿，但终究还是离了……他忘不了她，忘不了她啊！

也许是出于同情，她把他的身子扶扶正，在车子上按按好，临了，还又掏出手帕，擦一擦他湿润的双眼，然后向公园外边走去。他紧紧地闭上眼睛，不敢再看她远去的背影。好久好久，他才睁开双眼。这时，他看到又有一片树叶正在飘落，缓缓地，无声无息……

哑父也要装电话

这是一个星期六的晚上，市长王一明忙里偷闲地坐在沙发上，就着一杯龙井茶悠闲自得地欣赏着中央电视台播出的《动物世界》。

“咚咚，咚咚咚——”突然，只听见门外传来一阵不紧不慢的敲门声。王市长微微地抬了抬下巴，示意妻子阿兰前去看看。阿兰随手打开门厅内的电灯，对着猫眼一看，顿时惊喜地叫道：“父亲来了！你父亲来了！”

对其他家庭来说，老父上门是一件很正常的事，并没有什么值得惊喜的，可王一明家就不一样了。王一明出生在一个偏僻的小山村，母亲生他时受了风寒，落下一身病痛，在他未满周岁时就离他而去了，是他的哑巴父亲一手把他拉扯大的。父亲虽然不能开口说上一句话，但是他对孩子的关爱与其他人家比起来一点也不差。靠着几亩山地，他勤劳操持，省吃俭用，供王一明读完了小学、中学、大学，直到走上工作岗位。王一明在城里成家立业以后，曾多次想把父亲接到自己的身边，可他就是不同意。当上领导干部之后，考虑到父亲年事已高，身体又不好，他更是想把父亲接到自己的身边，可他还是不同意。王一明逼急了，他就“呀呀呀”地叫个不停，那双粗糙的双手也在不停地比画着，头上都冒出了汗。所以，这么多年来，王一明的哑巴父亲从来没有来过儿子城里的家，始终一个人生活在那个小山村里。可是，今天他怎

么就上门来了呢？王一明真的弄不明白。

这时，阿兰已经把门打开，和王哑巴一起走进来的还有一个中年汉子，王一明一眼就认出是他的远房表哥李富贵。王哑巴站在客厅里不知脚往哪里送，李富贵则不好意思地说："是我硬把哑巴大伯请来的。我们是晌午离家上的汽车，傍晚也就到了市里，可是就是找不着你家的门，左打听右打听一直折腾到现在。"王一明一听心中有数了，肯定是李富贵有事情要请他帮忙，担心不好说话，这才把自己的哑巴父亲请来了。其他干部家经常有这样的情况，而他王一明却从来没有碰到过，因为自己的父亲是个哑巴，不能当什么说客。王一明这样想着，连忙示意父亲和表哥坐下，并招呼阿兰赶快做饭。阿兰朝他为难地摇摇头，说家中什么菜都没有了。王一明不由自主地笑了笑，随手拿起茶几上的那只红色的电话，拨了一个号码。

不一会儿，在一个大胖子的带领下，两个厨师模样的人送来了一桌子的好酒好菜，鸡鸭鱼虾全都有。片刻，还来了一个漂亮的小姐，其他事情不用做，就是专门照应他们吃饭喝酒。王哑巴和李富贵看傻了眼，要不是王一明带头动起筷子，他们说什么都不敢动手。

饭吃好了，大胖子和漂亮小姐把家里收拾妥当也就离开了。王一明让李富贵说说到底碰到了什么为难事。李富贵支支吾吾，好不容易才把事情说明白。原来，他的二儿子师范毕业了，想在县城里找个学校教书。原来是这么回事啊。王一明不经意地笑了笑，又随手拿起茶几上的那只红色的电话，拨了一个号码。也不过两分钟，王一明就放下了电话，对李富贵说道："我已经和你们县里马县长说好了，你回去直接找他好了，他会安排好的。"自己的为难事，一个电话就解决了，李富贵激动得话都不会说了，连忙打开包,把春笋、山菇等土特产,一股脑儿全往桌子上放。王哑巴在一旁也都看傻了眼。趁王一明和李富贵说话的当口,他还忍不住伸手摸摸那只红色的电话机,似乎想弄明白什么。

第二天早晨吃过早饭,李富贵就要回去了,王哑巴也“呀呀”地嚷着,跟着要走。王一明对父亲比画着,让他再在城里住上几天,阿兰也说道:“很难得来上一趟,怎么不住上几天就走呢?知道内情的人也罢了,不知道的人还以为我们不孝顺呢,让一明的脸往哪里放?”李富贵觉得阿兰的话很有道理,就和王一明一起打着手势劝王哑巴别走。可是,王哑巴像头犟牛一样就是不同意。没办法,李富贵只好反过来劝王一明夫妻俩。他说:“就让大伯随我一起回去吧。留在城里也确实不方便,闷在家里他受不了,出去转转吧,万一走失了怎么办?他又聋又哑,不同于一般人。在老家反正我们会帮你照应好的,你放一百个心。”王一明叹了一口气,无可奈何地说:“也只能这样了。不过,你们不要再坐公共汽车走了,我安排一辆车子送送你们。”说着,再次拿起茶几上那只红色的电话,拨了一个号码。

很快地,楼下便传来一阵汽车驶来的声音,紧接着门铃也响了起来。王一明打开门,一个戴着眼镜,长得十分精干,不过四十岁上下的男人叫一声“王市长”,便拎着一大包东西走了进来。他伸出手,和王哑巴、李富贵一一握过。王一明介绍道:“这是我们办公室的钱主任。”

钱主任带来了两条红中华,两瓶五粮液,还有一件皮棉袄和一顶皮帽子。他对王一明说道:“这是我对老人家的一点心意,一点心意。车子已经在楼下等着,我们是不是现在就走?”王一明说道:“怎么能让你破费呢?这不好吧。下不为例,下不为例啊。”他转过身对王哑巴比画着,告诉老父亲“这些东西是人家孝敬您的,您该吃时就吃,该穿时就穿,不要省着。今天回去不要乘公共汽车了,我已经安排了小轿车送您,车子就停在楼下。”

王哑巴显然听懂了儿子的意思,他一会儿透过窗户玻璃看看小轿车,一会儿又看看那些高档礼物,“呀呀呀”地叫个不停,手也不住地摇着。王一明心想,一时半会儿老父亲也闹不明白是怎么回事,他既然要走还是先把他打发走吧。他对钱主任和李富贵摆摆手,让他们带着东西现在就走。哪知没那么容易,王哑巴一把拉住他们,就是不让他们出门。王一明急了,对王哑巴比画着,让他快放手,可他就是不答应。李富贵也跟在后面打着手势劝着,可王哑巴根本就不理睬。阿兰在一旁气得直喘气,对钱主任说:“你看看这个犟老头,这个犟老头……”这样争下去楼上楼下还不知道是咋回事呢。王一明心想。他摆摆手,说道:“这些东西他不要也就算了,你们走吧,由他们乘公共汽车吧。”钱主任点点头,不好意思地说:“也只能这样了。”说着,拎着东西抢先走下楼去,开着小轿车走了。王哑巴站在窗户边,看着小轿车越去越远。李富贵走到他身边,拍拍他的肩膀,示意他“该走了”。王哑巴点点头,但他没有往门外走,却来到王一明的身边,“呀呀呀”地叫着,双手不住地比画着。阿兰莫名其妙地看着,真不明白他们在演什么哑剧。突然,只见王哑巴一下子扯过茶儿上的那只红色电话,就要往怀里揣。王一明赶忙扯下电话线,让他把电话拿着。王哑巴这下高兴极了,脸上第一次露出笑容,把电话机拎在手上,欢欢喜喜地往楼下走去。

王哑巴他们走远了,可阿兰仍然愣愣地闷坐在沙发上。她问王一明:“他一个哑巴,听不进,说不出,要那电话机干什么?是不是也想装电话?”王一明长长地叹息道:“虽然他是一个哑巴,可是他的心里比我们都明白啊。”说着,他学着王哑巴的样,给阿兰比画起来——拍拍红色电话机，竖起大拇指，是说这只电话机太有能耐了。可不是嘛，在王哑巴看来，一个电话，吃的来了，事情办成了，小轿车也赶到了，确实是了不起啊。拍拍电话，拍拍脑袋，双手下垂，双手并拢，是说用这能耐特别大的电话，就会头脑发昏，忘本变质，轻则犯错误，重则犯罪下监狱。用手挠心，是说他实在是不放心，所以他借口也要装电话，非得把这只电话机带走……

“我真没想到，一个不能开口说话的老人，心里却装着这么多的东西。真难为他老人家了。”阿兰感慨地说道。

“是啊，就冲着这一点，我也得做个好官，做个不让亲人担惊受怕的好官。”王一明说着，眼睛里的泪花一闪一闪的。

等你开门

吃过晚饭，洗漱完毕，随着“砰”的一声门响，妻子又扭身进了小房间。小房间本是他的书房，现在却被妻子在地板上铺上被褥，用作卧室了。

妻子和他分居了，今天是第十天。

其实，这次吵架并没有什么特别的原因。

刚开始时他们只是相互开开玩笑而已，后来不知是他的哪句话刺痛了妻子，惹得她大动肝火，先是哭闹了一阵，随后并付诸分室而居的实质性行动。

分居的日子实在是不好过。虽然仍在一个家庭里生活，一个

锅子里吃饭,有时也会搭讪一两句,但他感到别扭得难受,特别是看到她嘴不是嘴,脸不是脸的神色。开头几天,他憋着一肚子气,装着一副无所谓的样子,故意不去理她。可是到了后来,他却沉不住气了,但又拉不下面子,每天晚上只好眼巴巴地看着她扭身进入小房间,并随手把门合上……

不知不觉中,他又想起了过去的日子。

那时,他们还没有现在这个房子。结婚的时候,他们把单位分的一间小房子收拾得整整齐齐、井井有条,还贴上了大红的喜字,用作新房,灶具就放在走廊上。房间虽小,却充满了温馨。他们时常也会闹点矛盾,有时甚至非常严重,但是,她从来没有和他闹过分居。当然,只有一个房间,也无法分居。同室同床而卧,夫妻之间再大的矛盾,一夜下来也完全化解了,用不着谁先说点什么便和好如初。可是现在倒好,房子是比过去大了,但新的问题也随之出现了……

"当……"时钟不紧不慢地敲了十一下,可他仍然无法入睡。打开抽屉,他找了半天才找到那包中华香烟。那是过春节时为了招待客人而买的,平时他从不碰它。也许是放置时间太长的缘故,他怎么吸也吸不着,只得反复不停地点火。最后,他干脆把剩下的香烟全部扔进了垃圾桶里。

他坐在客厅里的沙发上,呆呆地看着小房间的门。那扇小小的门,无情地把他与他的妻子隔开。他似乎看到,一向睡觉很不安分的妻子已经把被子踢到了一边;他似乎听到,妻子正轻轻地咳嗽着,那是受凉感冒的症状……他猛然站起,急切地来到小房间的门前,举手敲起那扇关着的门。然而,他的手轻轻一碰,门便开了——原来,门并没有锁上。

房间里,灯光下,妻子深情地看着他,泪珠在眼眶里闪烁着。

他冲动地把妻子紧紧抱住。

妻子啜泣着，嗔怪道："我的门天天为你留着，哪知你到今天才……"

他用唇将妻子的嘴堵住，不让她再说下去。

让我抱抱你

上班的时间快到了。

他把电饭煲端到她的床头，插上电，说，中午盛饭吃的时候要记得把插头先拔下来……

知道了。她嗔怪道，真啰唆。

我出去了。他对她笑笑，解下围裙，换上出门上班的衣服。

她直起身子，他赶紧靠上去。她贴紧他，双手抱住，在他的耳边轻轻地说，好好的，我等你回来……

嗯。他答应一声，在她的背上拍了拍，等我，我一下班就回来。

他转身离去。他知道她正在看着他，看着他一步一步离开，微笑着，挥着手。他轻轻地打开家门再轻轻地合上，随后快步向楼下走去。厂车在楼下的路边等着他。直到坐上了厂车，他还在感受着她的温暖……

爸——他猛地一惊，原来女儿不知什么时候站在了他的身边。女儿的一声"爸"，把他拉回了现实，残酷的现实。他想起来了，她已经走了，永远地走了。刚才只不过是往日镜头的回放，像

电影一样。

他和她从小在一个村子里长大。他们一起上学,一起到地头挖猪草。他有话喜欢说给她听,她有话也喜欢说给他听。慢慢地,他对她有了那种感觉。她有吗?他不知道。

那年,城里的化工厂到村里招工。负责招工的王厂长和他的舅舅是战友。舅舅请王厂长喝酒,王厂长酒喝大了就一拍胸脯,说,你有什么人要进厂?我帮你捎上。舅舅便想到了他。他那时还在读初三,不想招工进厂,他要念高中,上大学。舅舅说,高中念了干吗?大学上了干吗?还不是为了有份工作。现在就工作,有什么不好?他想想也是这么个理,就答应了。

到城里化工厂上班,想再天天见到她几乎不可能了。他心里很难过,更难过的是他不知道她有没有他对她的那种感觉。在学校的最后一天,他悄悄塞给她一张纸条,约她晚上广播结束后在村子西头的小树林见一面。广播结束时天已经很晚了,这个时候家里的大人是不让孩子出门的,尤其是女孩子。他把时间定在广播结束后,是想看看她到底有没有和他见面的决心。

她来了,村子里的高音喇叭一停止叫唤她就来了。那天晚上,他们不但谈了很多,谈得很久,让他意想不到的是,临分开时,她突然一把抱住了他,抱得很紧,生怕他溜掉似的。他也第一次明白为什么电影里的男男女女都喜欢互相抱着,原来抱上了会感到很温暖,一直暖到心里头。

从她抱上他的那一刻起,他就知道他是她的人了,她也是他的人了。后来,他们顺利结了婚,他把她接到了城里。第二年,她怀孕了。他高兴极了,逢人便说他要做爸爸了,似乎要让天下所有人分享他的喜悦似的。他什么都不让她做,只要她好好地给他生孩子。转眼间,预产期到了。他把她送进医院,等着孩子出生。

然而,就在最后的几个小时出现了意外情况,她给他生了一个胖乎乎的女儿后,就再也站不起来了。他抱着刚出世的女儿,带着她辗转于南京、上海、北京各大医院,期盼着她能站起来。然而,结果却让他完全失望了。

也罢,你就在家里帮我把孩子养好。他安慰她,有我在,就苦不了你们娘俩。

他要上班去了。为了给她治病,他已经请了好几个月的假了。他走到她的床头,说,我出去了。来——她直起身子,嘴里呢喃着,他赶紧靠上去。她贴紧他,双手抱住,在他的耳边轻轻地说,好好的,我等你回来……

嗯。他答应一声,在她的背上拍了拍,等我,我一下班就回来。她笑了,他也笑了,他们的眼睛都湿润了。他们的女儿睡在她的怀里,眯着漂亮的小眼睛看着,时不时咧开小嘴笑一笑。

每天临出门,他都要把放好水和米的电饭煲端到她的床前,插上电源,好让她中午吃。每天临出门,她都会抱抱他,叮嘱几句,才放他走。这么多年了,从来没有间断过。都说病人气多。这话一点不假。都说生活压力大的人,最容易发脾气。这话也一点不假。他们也有生气闹矛盾的时候。但是,她不会不抱他,他也不会不让她抱。抱过了,什么都烟消云散了,就像什么都没有发生过。渐渐地,慢慢长大的女儿都知道了,“抱一抱”是化解父母“矛盾”的灵丹妙药。他们之间一发生点什么,女儿就鼓动“抱一抱”,弄得他们都有点难为情了。

他觉得他很幸福,每天都带着她给予的温暖出门。他觉得他的责任很大,他知道她在等他,她身后的那个家在等他,他不能让她失望。他一直在化工厂上班。化工属高危行业,稍不注意就会发生安全事故。他小心谨慎,从来不违反操作规定。冬天,车间

里冷得要命,而反应釜却暖暖的。他想靠上去,让反应釜透出的温度驱驱身上的寒气。但是,他没有。他怕那样他会舒服得睡着了,而一睡着,弄得不好就会出大事。夏天,车间里热得要命。不管多热,他都不会摘下头上的安全帽和脸上的防护口罩。他怕那样一旦出现意外会伤着自己,而自己,不仅属于自己。

她卧床不起,他里里外外一把手,尽管时间对他来说很紧张,但他不可能去闯红灯,不可能去跨街上的隔离栏,反正一切冒风险的事他都不会去做。有人说他胆小,他并不理会。他知道自己不是胆小,而是冒不起那些险。

日子虽然艰难,但总算顺顺当当,平平安安,谁知去年春上她说她的头有时有点发晕,到医院一检查,竟然是脑癌晚期。他哪里经得住这种突如其来的打击啊。他强忍着内心的痛苦,带着她到处求医,但已无回天之力。

她从医院回来后就再也不肯出去了,她要在家里守着他。她有时很清醒,但有时又迷迷糊糊,但她仍然记得只要他出门,就一定要抱抱他,在他耳边叮嘱几句。这么多年了,他也养成了习惯,只要出门,就必须来到她的床头,对她说一声,让她抱一抱,听她说几句。到了最后,她瘦得只剩下一把骨头,整天整天地昏睡着,但只要他走近她,在她的耳边轻轻地说一声"我出去了",她的眼睛顿时就睁开了,尽管是那样无力,那样无神。她努力着,挪动着自己的双臂,费力地抱抱他,嘴唇翕动着。她没办法抱得像过去一样紧了,但他依然感到像过去一样温暖;她没办法发出声音了,但他分明知道她说的是什么……每每看到这一幕,女儿都禁不住流出眼泪。她说她流出的是幸福的眼泪。如今,他把她送走了,他又得走进他的车间了。太阳天天往上升,日子还得一天一天往下过。

爸——女儿又叫了一声。他装出不经意的样子，揉揉眼睛。女儿今年大学毕业，本来都在苏南找到了工作，但是还是辞掉了。她说她哪儿也不去，就回家乡工作，就和爸爸在一起。

嗯。他答应着，问，孩子，你为什么要起这么早？粥在锅里，爸爸上班去了，今天是早班。

爸——女儿深情地看着他，张开了双臂。他愣了一下，赶紧靠上去。她贴紧他，双手抱住，在他的耳边轻轻地说，好好的，我等您回来……

嗯。他答应一声，在她的背上拍了拍，等我，我一下班就回来。

对面的女孩走过来

前面就是那座石板桥了，他不由紧张起来，心跳也骤然加快。他知道，不一会儿，她就会在他的对面出现，他就会看到那双令他心动的眼睛。和往常一样，骑一辆红色的自行车，穿一件淡黄色的风衣，轻盈地越过石板桥，像风儿似的从他身边飘过……

他清楚地记得第一次见到这个女孩的日子。那是一个春天的早晨，空气里充满着花的芳香。

为了修改一篇稿件，他比以往提前半个小时赶往单位。就在这座石板桥边，她毫不经意地出现在他的对面。就在和她擦肩而过的一刹那，他看到了一双似乎在什么地方见到过的眼睛。天真、纯情、漂亮……那双眼睛留给他的不仅仅是这些。

为了再一次看到那双眼睛，第二天他又提前半个小时上路了。让他兴奋的是，在那座石板桥边，她果然又出现在他的对面。第三天、第四天……以后的日子里，他将自己上班的时间提前了半个小时。这样，他们每天都会在石板桥边相遇。

和石板桥下的河水一样，时间一天天过去了。尽管至今没有说过一句话，但她已经深深地扎根在他的心中。每天天刚放亮，他就会升起一个希望，那就是能够见到她。那次单位组织大家到杭州旅游，前前后后也不过才四五天时间，可他就是没去，同事们都觉得莫名其妙。

星期天本该休息，可他偏偏和平时一样，准时上路。也有见不到她的时候，那么这一天，他就会感到不安：她到哪儿去了呢？是不是病了……当然，她不知道这一切，也不会明白这一切。其实，他是很想让她知道这一切的。

现在，他来到了那座石板桥上，她也果然出现在他的对面。近了，更近了，突然，他猛地跳下车子，一只手使劲地捂住左眼。

几乎在同一时刻，她的车子也猛地刹住。她匆匆地来到他的身边，关切地问道："你……你怎么啦？"

"一只小虫，飞……飞进了我的眼睛。"他说着，手不停地揉搓着眼睛。

"不能乱来，让我看看。"她把车子扔在一边，轻轻地托起他的脸，轻轻地拨开他的眼睛。也许是他的个子太高了，也许是为了看得更清楚一些，她踮起脚，和他靠得很近，他几乎听到了她的心跳，感受到了她的呼吸。情不自禁中，他将自己的嘴唇贴近她那双大大的眼睛……

"你……"红霞飞上了她的面颊。

他睁开眼睛，紧紧地抓住她的双手，不好意思地说："其实，我是骗你的,我的眼睛里没有虫子……”

“我知道。”她说,“冬天的早晨,不会有虫子飞进眼睛……”

“这么说,你是……”他惊讶得说不出话来。

“傻瓜!”她眨巴着双眼,笑了。

他发现,她笑起来也和她的眼睛一样美。

栀子花开

栀子花开放的时候,她要结婚了。第二次。

从昨晚起,她躺在床上就没有真正睡着过,以至于公鸡一啼鸣,她就起来了。

她掏出手帕,把安有华明遗像的镜框仔细地擦了擦,又来到门前。那里,正长着一棵栀子花树。今夜,栀子花又开了不少,洁白,喷香。她小心翼翼地摘下两朵,轻轻地放在华明的遗像前。几年了,每到栀子花开放的时候,她每天早晨都会这么做。

华明是她的丈夫,他们从小一块儿长大。前年的春天,他从部队回来结婚了。

那天,他们一起到民政局领结婚证。在小街上等公共汽车,他们看到不远处围了一群人。走过去一看,原来是一个老人在卖花秧。

“买棵月季吧,它每个月都开花,艳得很。”她征求他的意见,“你看呢?”

“我看……我们还是买棵栀子花吧。它虽然不像月季每个

月都开花,但是它的花儿洁白,喷香,对我们来说,不是更有意义吗?”他深情地看着她,说道。

“好,我听你的。”她点点头。

他们结婚后的第五天,部队发来电报,要他立即赶回去,参加抢险救灾。然而,他这一去就再也没有回来。

噩耗传来,正是栀子花开的时候。

她站在华明的遗像前,心里默默地对他说:“华明,你原谅我吧。生活的路还长,我还要走下去。”

她流泪了,泪珠滴落在栀子花上。

传来一阵摩托车的喇叭声,原来是他来了。她揉一揉发酸的眼睛,真想对他说点什么。

“咱们走吧。”他对她说。

“好吧。”她深情地看着华明的遗像,看着看着,泪水又溢出了眼眶。她用手背使劲擦了擦,走出门去。

“等一等。”他叫住她,“你把华明的遗像也带走吧。”

“这……”

“把他带走吧,就算我求你了。”他对她说,“今年春上,我也在家门前栽上了一棵栀子花树,当栀子花开放的时候,让我们一起摘几朵献给他,让他看看,让他闻闻……你曾说过,他是最喜欢栀子花的。”

她抬起头来看着他,好像看见他今年春上才栽的那棵栀子花树开花了,花儿也是那么洁白,那么喷香……

汉子断指

这天中午时分，六十多岁的退休工人马师傅吃过午饭正躺在摇椅上悠闲地品茶。突然，十几岁的孙子马宁急匆匆地跑来，上气不接下气地说："不好了，爷爷，我爸爸正拿着斧头要断人家的手指呢！"

"断人家手指？这还了得，难道他又在发酒疯了？"马师傅顿时吓出一身冷汗，丢下茶杯，急忙随小马宁向外赶去。说实在的，虽然儿子马进已届不惑之年，但还是经常会做出一些出格的事来，特别是喝过几盅之后，做事更是不计后果，不知惹过多少麻烦，马师傅就是放心不下他。

马师傅赶到巷口，却没有看到儿子马进和别人争斗的场面，倒是看见一个年纪和自己儿子差不多，长相憨厚的汉子早已把左手中指按在一块木头上，浑身酒气、满面通红的马进举起一把雪亮的斧头，正向汉子的中指劈去。说时迟，那时快，马师傅猛地冲上前来，一把抓住斧柄，厉声喝道："使不得！"马进稍一迟疑，斧头便被马师傅夺去，重重地扔在脚下。

"爹，你少管我的闲事！"马进抬头看一眼马师傅，没好气地说，"我们是周瑜打黄盖，一个愿打一个愿挨，你添什么乱？"

"是啊大爷，是我请他这样做的，你就别管了！"汉子拾起斧头递给马进，招呼道："兄弟，再来！"

马师傅又一次抢过斧头，冷笑道："是你请他帮你把左手中指断掉？这就奇了，我今年六十多了，请人断自己手指的人不是没有见过，但他们都是些什么人？告诉你吧，不是疯子傻子，就是走江湖卖狗皮膏药的郎中！你说，你是什么人……你这不是明摆着害人吗？"

听到马师傅的话，汉子赶紧答道："我一不是疯子，二不是傻子，三不是卖狗皮膏药的郎中，但确实是我自愿要兄弟断我的手指的。我可以为兄弟立一个字据，不管出现什么后果都不要他承担任何责任……"

"爹，你就让我帮他一回吧。"马进说，"他不但不要我承担任何责任，还说事成之后请我喝上几盅呢。"

"你就是想着喝酒。"马师傅白了马进一眼，坚决地说，"不行！就是不行！"说着，一把拉过马进扭头就走。汉子赶忙冲上前去，张开双臂拦住马师傅，恳求道："大爷，您就让兄弟帮帮我吧，我……我给您跪下了……"说着，真的一头跪在马师傅的面前。

"你……你……"堂堂男子汉跪在自己的面前，马师傅一时手足无措了。他一把把汉子扶起来，迟疑了："你得告诉我，你为什么要断掉自己的手指？"

"实不相瞒，我是为了出名。"汉子老老实实地告诉道。

"出名？"周围所有的人都大吃一惊，马师傅更是愣在那里，过了半天才不解地问道："你……你一个普普通通的老百姓要出什么名啊？"

"出了名，就会有电视台的记者来采访我，我就可以上电视了。"汉子兴奋地说，"大爷，您知道吗，现在只要是稀奇古怪的事都可以上电视。我一不疯二不傻却请人平白无故地把自己的手指断掉，这样稀奇古怪的事不上电视才怪呢！"

“原来是这么回事。”马师傅点点头，但他又禁不住问道，“上了电视又能怎么样呢，还不是一天三顿过日子？”

汉子认真地说道：“一上电视，我那患老年痴呆症走失在外的老母亲就会看到我，就会想起我的家乡，就会想起回家……我还可以在电视上说，谁看到我的老母亲了，请送她回家吧……”

原来，汉子七十多岁的老母亲去年春天患上了老年痴呆症，当时他正在广州打工。等他得到消息赶回来时，老母亲已经走失好多天了。一年多来，他四处寻找，但杳无音信。今天，一个好心人建议他到电视台做个寻人广告，他顿时觉得这是个好主意。可是，他摸摸空空的口袋却犯难了。他想借点钱，可是在这人生地不熟的地方又能向谁借呢？情急之中，他突然想起这么个办法来。

“叔叔，让人断掉你的手指，你不疼吗？”小马宁抚摸着汉子那只差点被断掉的左手中指，天真地问道。

“十指连心，怎么会不疼呢？”汉子一把抱住孩子，流着泪说，“可是，剁掉指头只会疼一时，找不到老母亲，叔叔的心会疼一辈子的……”

马师傅、马进、小马宁，还有现场的所有人都静静地听汉子说着，每个人的眼睛里都噙满了泪水，有人还拨通了省电视台的报料热线……

临街的窗上有个她

每天早晨上学，他都从这条街上走过。街不太宽，两边都是不高不矮的楼房。

那天早晨，他背着书包从这儿经过时，不经意地向一幢楼房看去。然而，他愣住了。在五层楼的一个窗户上，一个漂亮女孩正深情地看着他呢。

他的心狂跳不已，像做了什么亏心事似的，低着头，一路小跑地溜走了。

第二天早晨上学的时候，走到这儿，他又忍不住向五层楼上看去。还是在那个窗户上，漂亮的她还像昨天那样在用一双大大的眼睛看着他。

他的心又狂跳起来。不知咋的，他还是不敢多作停留。但是，这天的语文课上，他老是想着她，注意力怎么也集中不起来。为这，老师第一次狠狠地批评了他。

以后每天早晨上学经过这儿，他都会不由自主地向五层楼上看去。每次，他都发现她在窗户上看着他。当然，他也只能在早晨上学时看到她，他中午在学校吃饭，晚上自修课结束后回家时，已是十点多钟了。

他的爸爸妈妈在外地做生意，他跟着姥姥过日子，上中学。姥姥年过花甲，他和姥姥没有什么话说。

其实，他是有许多话想找个人说的。找谁说呢？他想找她，那个五层楼窗户上有着一双大眼睛的漂亮女孩。可是,他不敢。

尽管不敢,但是他还是把她当作了自己可以倾诉的朋友。每天临睡前,他都把自己要对她说的话写在日记本上。

他在日记本上对她说:“爸爸妈妈又给我寄钱来了。其实,我并不想他们寄钱给我,我只想他们能够回来看看我……”

他在日记本上还对她说:“我们班上不少男同学都想谈女朋友。他们问我想不想,我说不想。他们不相信,说我说的是假话。不过,我自己也弄不清我说的到底是真话还是假话……”

昨天,他在日记本上是这样对她说的:“我知道我已经喜欢上你了,可是,你喜欢我吗?我想你也肯定喜欢我,要不,为什么当我朝你看时,你也在窗户上对我看,就像约好了似的。今天,我觉得你还对我笑了呢。”

……

时间过得很快。转眼间,放暑假了。

爸爸妈妈打来电话,要他到他们做生意的那个城市过暑假。他很矛盾,他不想离开她,又不想放弃和爸爸妈妈团聚的好机会。

他决定还是到爸爸妈妈那儿去,不过,临走前,他一定要把那本写满对她说的话的日记本送给她。

夜里刮了好大好大的风,还下了好猛好猛的雨。

天亮了,他带着日记本,忐忑不安地走上他常走的那条街。

抬头看去,街的对面,那个五层楼的窗户上却没有了有着一双大眼睛的漂亮的她。

莫非她知道我要走了,正在生我的气?

他鼓足勇气,沿着楼梯走向五楼,走向应当属于她的那间房子。可是,奇了,房门大开,里面却什么也没有。看得出来,这里已经好长时间没有住人了。那扇窗子,也被夜里的大风刮破了,

细碎的玻璃撒了一地。地上,还有一张和真人一样大的电影明星的图画。画上,那个大眼睛女明星还在对他笑着。由此看来,这幅画原来就贴在窗户上。

他傻乎乎地站在那儿,连日记本从手上滑落到画上也不知道。

来一场外遇

我在家里没有一点地位,老婆说我长着一副窝囊相,是看着恶心,出门放心的那种人。当然,作为一个男人,谁愿意这样。我也努力过,可难见成效。没想到,今年春天,我的命运却发生了根本性的改变。

事情是这样的。

桃红柳绿的时节,我们单位从外地调进一名姓王的女大学生,而且恰巧分在我们科室。作为科长,很自然地,我常常要布置她一些工作,她也常常向我汇报一些事情。不过,也许是自卑心理作怪,每次我都不敢多看她一眼,因为她长得很漂亮。

后来,我发现她找我汇报事情的次数越来越多,下班也总落在别人的后边离去,似乎要对我说什么。

一天下班,办公室里只有我和她两个人,我正准备离开办公室,她突然说话了。

"赵科长,我要向你提个意见。"

"给我提意见?"我一下子愣住了。

小王递给我一张纸条，转身离去。我满腹狐疑地打开纸条，只见上面写着几行娟秀的字——“你为什么不在意我，不在意我对你的感觉？你知道吗，有一颗滚烫的心在为你跳跃……”

这真是我始料不及的。和许多男人一样，起初我的心狂跳了好一阵子，但逐渐平静了下来。我想，这也许是一个年轻女人一时的冲动。我将纸条撕碎。第二天，仍像没事人一样出现在小王的面前。

哪知小王不肯就此罢休。没有人的时候，她总是用她那漂亮的眼睛含情脉脉地看着我，叫我躲避不及。我有不吃早饭的习惯，她每天都会给我带来几只包子。我的抽屉里从来没有断过她给我准备的好茶叶。我无法拒绝地接受了这一切，但未作任何表示。

一天下午下班时，天突然下起雨来。小王对我说：“这雨一时半会儿很难停，我有伞，我送你。”说着，不由我分辩，拉着我就走。

这是我有生以来第一次和一个女人共撑一把雨伞在雨中行走。一路上，她告诉我，她欣赏我的为人，佩服我的才华，做我的情人也愿意。说得我耳热心跳，情不自禁地握紧了她那柔软的小手。

我们就这样在雨中走着，显得非常浪漫。谁知有一个人不声不响地跟在我们的后边，看到了这一切。这个人就是我的老婆。

本以为这天回家肯定又要吵得天翻地覆。当然，我也准备豁出去了。哪知老婆提都没有提这件事。但是，我很快就明显地感到老婆对我的态度正在发生着变化。过去，老婆常骂我是“窝囊废”，现在不骂了；过去，老婆是不让我和她一起出门的，怕影响了她的形象，现在不一样了，每次都是她主动要我和她一起出去，一路上还一直紧紧依偎在我的身边……

一天,老婆心情似乎特别好。她炒了几个菜,让我下酒。可她自己却不吃不喝,坐在一旁出神地看着我。突然,她开口了,不过,声音很低,好像是自言自语:“怪不得有女人看上你,原来你还真算得上是个优秀男人!”

老婆自顾自地说道:“这些日子我常想,我这窝囊丈夫有哪一点值得漂亮的女大学生喜欢呢?现在我突然发现,你身上的优点还真不少。比如,文化水平高,业务能力强,也会体贴人,还有那么一点幽默感……这么好的丈夫,我怎么舍得让给别人?”

既然老婆把我当回事了,我也不能有负于她。后来,我主动向领导提出换换岗位,调离了原来的科室,割断了与小王的一切联系。

嘿,这场外遇,来得实在好!

望

王老太病了,病得很重,谁都说可能再也好不起来了。

王老太的儿子王君是个孝子,他收拾好自己的席梦思把母亲安顿在上面,可是王老太就是不愿享用那东西,她那双浑浊的眼睛一个劲地向窗外望去。无奈,王君找来自家从上辈传下来的红木高背椅,铺上被褥,把母亲抱上去后再抬到窗口边,任她尽情地向窗外望去。窗外,是这座城市中最繁华的街道,车水马龙,热闹非凡。

其实,自从被儿子接来,王老太就整天倚在窗边往远处看。

晚报的一位记者曾把这一情景摄成照片，在报上发表时取名为《画框中的白发亲娘》。

对于母亲整天从窗口往外望，王君很是放心不下。因为他家在四层楼上，万一从窗口栽下来，那可不是闹着玩的。有人说王老太可能患上了老年痴呆症，但王君觉得不像。他是医生，他发现母亲的神志一直是十分清醒的。

王君是母亲一手拉扯大的。他的父亲在他 5 岁时就去世了，那时母亲也不过才 26 岁。母亲天生个子小，身子弱小，做不来重活，父亲临死前甚至担心她连粮草都缺，但事实上她家粮草从未断过。后来，王君到外地上大学，母亲常托人捎口信给他，捎得最多的话是那句“家里粮草没断过，你安心读书”。王君大学毕业一分到这座城市工作就想把母亲接来，可她怎么也不同意，理由还是那句“我没断过粮草，日子过得蛮好”。今年春上王君回去接她，她还是不肯来，唠唠叨叨的仍然还是那句老话，但王君硬是把她接来了。

王老太的病越来越重了，高背椅坐不住了，但那双无神的眼睛仍然整天向窗外望去。王君无计可施，只得把她抱在怀里，手轻轻地托起她的头，让她的脸朝着窗外。

第二天，王老太更不行了，身子骨全瘫了下来，只有一丝游气无力地从鼻子里透出，眼皮耷拉着，但仍然朝着窗外。王君抱着她的身子，把她的头摆平了，但她的头马上又转了过去。

几天过去了，王老太仍然没有断气，仍然躺在儿子的怀里，仍然眼睛朝着窗外……

这天，乡下的表婶来了，看着弥留之际的王老太，她一边抹眼泪，一边不停地感叹人生苦短。她说：“陈叔昨天去了……”这时，王君突然觉得母亲身子一颤，脑袋一歪，眼睛不再望着窗外了，但干瘪的嘴唇翕动着，好像要说什么。王君赶紧把耳朵侧过去，隐隐约约中，他听到母亲好似梦呓一般的话语：“他说过……要……要送我一辈子粮草，这下，我……我再也不……不怕他……不怕他摸不着门了……”

王老太死了。她躺在自己儿子的怀里，犹如一个熟睡的孩子。

我有你的写真照

星期天的上午十点半钟，十九岁的南州市卫生职业技术学院医疗专业三年级一班女生李婷刚刚走出校图书馆，就听见手机“嘀嘀”地叫了几声，她知道又有人给她发短信了。这些日子，李婷最烦的就是短信，什么中奖了，交友啦，预测命运啊……五花八门，乱七八糟，要不是因为爸爸妈妈需要随时联络她，她才不要用这恼人的手机呢。瞧瞧，星期天也不得安宁。她心不在焉地掏出手机，想随手删掉那则短信，哪知显示屏上的一行字却让她傻眼了。原来，这则短信和以往的都不一样，内容只有“我有你的写真照”七个字，外加一个惊叹号。

李婷按键的手指僵住了。没容她细想，随着“嘀嘀”声音的响起，又一则短信来了。李婷迫不及待地看了起来。只见是这样几行字：我从你的照片上看到，你不但额头上有一颗美人痣，而且左胸上也有一颗美人痣。你如果想得到你的照片，请和我联系……如果说刚才李婷还在怀疑是不是有人发错了，而看到这里她断定这两则短信毫无疑问就是发给她的。李婷按键的手指不由自主地颤抖起来。她知道,自己惹上麻烦了。尽管手机上就有发短信人的手机号码,可她无论如何是不敢联系的,利用写真照进行敲诈的故事她听说过很多。慌乱中,李婷给表姐美美打去电话。电话中,她声泪俱下,一个劲地责怪美美。其实,也确实是美美给她惹的祸。

李婷的表姐美美是市文化馆的舞蹈老师。昨天是她的生日,一大早,她就给李婷打来电话,让她陪自己到维纳斯影楼拍写真照。美美年轻美丽,尤其是那“魔鬼身材”足以和张柏芝媲美,她早就想拍一张写真照,留住美好的青春岁月。陪漂亮的表姐拍写真照,李婷当然非常乐意了。再说,对拍写真照李婷一直充满了神秘感,她也想见识见识。维纳斯影楼的欧阳阿姨既是老板又是摄影师,不但技术精湛,而且和蔼可亲,她亲自给美美化妆,摆造型,调灯光……在欧阳阿姨的忙碌下,美美更加光彩照人了,让李婷也无比羡慕。也许是看出了李婷的心思,美美说:“李婷,你也来一张。”李婷红着脸说:“我不拍,我不拍,羞死人了。”“这有什么好害羞的?现在正是你的豆蔻年华,多美好啊,我到现在还为当年没有条件留下一张写真照而感到遗憾呢。”美美不停地鼓动李婷,“拍一张吧,权当表姐请你客了。”

李婷用期待的目光看着欧阳阿姨。欧阳阿姨说:“像你这样的女生拍写真照的也有,不过我们不勉强,你看着办吧。”“我看你平时倒敢大胆追求时尚,怎么现在却犹豫了?”美美说着,便要帮李婷脱衣服。其实,李婷心里也痒痒的。在半推半就中,李婷褪掉身上的所有衣服,在柔和的灯光下,披着一条洁白的纱巾,拍下了一张写真照。闪光灯闪过之后,李婷的心情反而紧张到了极点,她一再关照美美千万不能让她爸爸妈妈知道,再三关照欧阳阿姨为自己保密,不要让自己的写真照让任何人看到。欧阳阿姨疼爱地摸摸她的头,说:“傻孩子,别担心了。”欧阳阿姨慈祥的目光确实给人以信任,然而仅仅是隔了一天,自己的写真照别人不但看到了,而且到了手上……

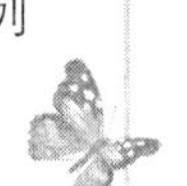

很快地,美美便赶到了李婷的身边。看完李婷收到的那两则短信,美美不由气得直喘粗气。

“走,我们到维纳斯影楼找欧阳去。”说着,拉过李婷就走。

维纳斯影楼里,欧阳正在为一位小姐摆造型,看到美美和李婷,连忙招呼道:“二位稍等,我马上就来。”美美没好气地说:“我们只想问你一件事,耽误不了多长时间。”欧阳只好对那位小姐说声“不好意思”,和美美、李婷一起来到化妆室隔壁的一间小房间。“你为什么把我表妹的写真照给了别人?我们昨天再三关照你要保密,可你为什么不讲信用,也不讲职业道德?”美美直入主题,气愤地问道。“这怎么可能呢?”欧阳阿姨一脸的冤枉,“我不知道你们的话从何说起,你们的写真照,我还没来得及处理呢。”“你能保证?”美美反问道。“如果我不讲信用,不讲职业道德,你们完全可以到消费者协会,或者到法院告我!”欧阳阿姨也急了。见欧阳阿姨一脸诚恳,李婷悄悄地拉了拉美美的衣袖,说:“我们走吧。”临走时,她还对欧阳阿姨说了一声“对不起。”欧阳阿姨看着她们,摇摇头,一副莫名其妙的神情。

李婷把美美拉到一边,胸有成竹地说:“看得出欧阳阿姨不会说假话,我的写真照那人手里绝对没有。现在我不怕了,我要和他联系,把他引出来,狠狠地教训教训。”“对!看他还敢欺负我们。”美美也顿时兴奋起来,说,“你把那人的手机号码告诉我,让我来联系他,免得他见了你的电话不敢接。”李婷觉得有道理。美美把电话打过去,很快便接通了。“你好!我是王诚。你是谁？找我有事吗？”传来一个男人略带沙哑的声音。“你先别问我是谁，你得告诉我你在哪里，我要见你。”美美一边答着一边往影楼门外走。“我在维纳斯影楼，我惹你了吗？你怎么这样对我说话？”男人显然生气了。“你在维纳斯影楼？”美美正想继续往下说，哪知一头撞在一个人的怀里。她抬头一看，只见那是一个只有十八、九岁的小伙子，穿着一身休闲服，正在接着手机呢。没容美美开口，李婷禁不住脱口而出：“王诚，你怎么到这里来了？”“我来看我妈呀。”“你妈是谁？”“我妈就是维纳斯影楼的老板、摄影师欧阳啊。”“原来如此，原来如此。”李婷似乎明白了什么，立即转过身向欧阳那儿跑去。美美愣在一边，问王诚：“你们认识？”“认识，李婷是我同班同学。”王诚点点头。“是你给李婷发的短信？”美美追问道。王诚犹豫了一下，但还是点了点头。

李婷跑到欧阳身边时，已经是泪流满面了。“你又怎么了，我的大小姐。”欧阳阿姨替李婷擦拭着泪水，“有什么话不能好好和阿姨说吗？别动不动就流眼泪。”“你骗人，你骗人，你把我的照片给你儿子了，他说他手里有我的照片。”李婷声泪俱下，满腹委屈。“别听他瞎说，他手头怎么可能有你的照片呢？”欧阳阿姨安慰道，“再说，他又不认识你？”李婷咕哝道：“我们是同班同学，只是我从来没有留意过他的手机号码。”说着，李婷把手机递给欧阳阿姨，让她也看一看她儿子发来的短信。

欧阳阿姨翻看着短信，看着看着，她的脸沉了下来。她对李婷说道：“你先别急，让我去把他找来。”一转身，她看到儿子王诚正诚惶诚恐地站在她的身边。她的气不打一处出，责问道：“你得告诉我，你真有人家的写真照吗？拿出来，你倒是拿出来让我们看看啊！”王诚什么话也不说，只是把手伸进了休闲服的口袋里，掏出一个小本子，然后再从小本子里抽出一张照片。大家定睛一看，原来是一张小女孩的半裸照片。照片上，小女孩胖乎乎的，笑得十分可爱。照片下面还有一行字——李婷周岁纪念，1996年8月18日。李婷问道："王诚，你能肯定这就是我的照片？""我能肯定！"王诚显得很有把握，"你瞧，这个小女孩也叫李婷，1996年8月18日是她的一周岁生日，说明她是1995年8月18日出生的，这和你的一样，我看到过你的学籍卡。还有，她额头上有一颗美人痣，你也有；她左胸上还有一颗美人痣，我听女生们悄悄说过，你左胸上……""别说了，羞死人了。"李婷的脸上飞满红霞，"这是我的照片，我家也有同样的一张呢。"

这时，欧阳阿姨一会儿看看照片，一会儿看看李婷，连连说："没错，没错，你肯定是李进和吴艳的孩子。"李婷满腹狐疑地点点头："是啊，难道您认识我的爸爸妈妈？""何止是认识啊。"欧阳阿姨陷入了回忆，"当年我们两家共同生活在一个叫酉卯河的小县城。我和你妈妈是同一天来到同一间产房待产的。生下王诚后我却没有奶水，小王诚饿得哇哇直叫，你妈妈就用自己的奶水喂他。出院以后，你妈妈说母乳喂养比什么都好，一直坚持喂王诚。由于我那时经常生病，王诚的爸爸又当兵在外，很多时候都是你妈妈跑到我家喂王诚，一天三次，往返十几里路，风雨无阻，直到他断了奶。后来，你们一家要随你爸爸到南州市做生意，临走时我向你妈妈要了你的这张照片作为纪念。开始时我们还保持联系，但后来我随军先是去了大连，再去了沈阳，前年才来到南州市，这样辗转不停，和你们一家的联系就中断了。可是，快二十年了，我一直没有忘记你们一家，经常拿着你的照片给王诚讲当年的故事。"说到这里，欧阳已是泪流满面。她一把把李婷搂进怀里，喃喃地问道："爸爸妈妈怎么样了？还好吗？""好，很好。到南州市没几年，他们就到广州、深圳做生意去了，平时我和表姐他们一家生活在南州……”李婷一边说着，一边静静地靠在欧阳阿姨的身上，任由她尽情地搂着。

许久，欧阳才放开李婷，责问王诚：“今天你得给我说清楚，为什么要把李婷的照片带在身上？”李婷和美美也都看着王诚，看得王诚的脸都红了。他动情地说：“我想通过这张照片，找到曾经用自己的乳汁哺育过我的那位阿姨，哪怕见上一面，说一声‘谢谢’也好，同时也给妈妈一个意外的惊喜。”美美也被感动了，她疼爱地拉过王诚的手，说：“真是个有情有义的好小伙。”李婷却嗔怪道：“我们是同学，只要把这件事对我说说不就成了？为什么要发那样的短信呢？怪吓人的。”“那是因为……那是因为……”王诚的脸窘得通红，嘴巴翕动了几下，就是说不出话来，最后才结结巴巴地说：“我还是给你发短信吧。”

当天下午，李婷收到了王诚发来的短信。王诚在短信中说：“你漂亮、时尚，有那么多的男同学围着你转，从不惹人注意的我哪有和你说话的机会啊。我那样做，无非是想把你约出来，获得一个和你独处的机会，让你静静地听我讲一讲那张照片背后的故事，帮我实现心愿……”

第二辑

带刺玫瑰

不敢穿的貂皮马夹

冬天刚到的时候，儿媳妇就把那件貂皮马夹拿给方老太，让她穿上。哪知方老太连连摆手，说“不冷不冷”，碰都没有碰一下，就让儿媳妇赶快收起来。

下第一场雪的时候，儿媳妇又把那件貂皮马夹拿给方老太，让她快点穿上，因为她坐在椅子上浑身发抖，冷得吃不消了。谁知方老太还是连连摆手，说是“加件棉袄就行了”，硬是不肯穿，儿媳妇拿她一点办法也没有。

今天是今年冬季最冷的一天。寒风哀号了一夜，早晨自来水管都冻住了，一点水也没有。方老太虽然和往常一样起得早，但冷得身子蜷成一团，嘴唇发紫，还不住地咳嗽。儿媳妇再次把那件貂皮马夹拿出来，并要亲自给她换上。然而，方老太还和前几次一样，就是不肯穿。

儿媳妇刚刚强行给她套上，她马上又脱了下来，并且哆嗦着往柜子里送。

儿媳妇哭了。她说：“妈，您就穿上吧。您老人家如果受了凉，感冒了，有个三长两短，叫我怎么办啊。”

方老太拿来毛巾，一边给儿媳妇擦眼泪，一边颤颤抖抖地说：“好闺女，不是我不想穿，而是我不敢穿啊！”儿媳妇的眼泪还没擦干净，她自己的眼泪却又流了下来。

“妈，您怎么不敢穿？您怕什么呀？”儿媳妇感到非常奇怪。

“闺女啊，我不敢穿啊，我怕……我怕……”方老太抽泣着，声音显得特别凄楚，“我怕这么好的貂皮马夹，又是存富受的贿……”

存富是方老太唯一的儿子，曾经是某县的副县长，因犯受贿罪，已被检察院批准逮捕。那件貂皮马夹，是方老太七十岁生日时，儿子送给她的生日礼物。

价　值

今年秋天，东套村的肖德宏家遭受了火灾。虽然未造成人员伤亡，但是原本殷实的家庭转眼间便变得一无所有。

消息传出来，社会各界伸出了温暖的援助之手。老肖所在的强盛乡人民政府也顿时热闹起来，乡长老杨更是忙得不亦乐乎。

首先打来电话的是县级机关党委的赵书记。他告诉杨乡长说，已经发动机关全体同志捐献了二千二百二十二元二角二分的救助款，马上就给老肖家送来。到了下午，赵书记一行果真来了。杨乡长握着赵书记的手连连致谢，并陪同前往肖家。晚上，在饭店用过晚餐后，赵书记一行这才离去。

接着打来电话的是县妇联的钱主席。她告诉杨乡长说，已经发动妇联的同志捐献了一批衣物。秋季过去就是冬天，这些衣物老肖家肯定用得着，她们马上就给老肖家送来。到了下午，钱主席一行果真来了。杨乡长握着钱主席的手连连致谢，并陪同前往肖家。晚上，在饭店用过晚餐后，钱主席一行这才离去。

紧接着，县农业局孙局长给杨乡长打来了电话。他说要使肖家尽快发家致富，必须帮助新上一个项目。他们已经为肖家准备了半斤优质、高产的西瓜良种，马上就专程送过来。到了下午，孙局长一行果真来了。杨乡长握着孙局长的手连连致谢，并陪同前往肖家。晚上，在饭店用过晚餐后，孙局长一行这才离去。

后来，县团委的李书记给杨乡长打来了电话。他说他们为老肖的孩子准备了一只书包、五种文具和十本图书，很想马上就送过来，只是县团委没有车子，请乡里派车来接一接。人家一片盛情，杨乡长岂能不派车子？李书记一行被接来了。杨乡长握着李书记的手连连致谢，并陪同前往肖家。晚上，在饭店用过晚餐后，车子才将李书记一行送走。

……

这天，乡财政所的朱所长来到了杨乡长的办公室。他告诉杨乡长，肖家遭灾后，乡里为接待前来送温暖的各界人士，招待费、车辆费已花去二万多元，而收到的款物折合人民币仅一万二千多元。

“这样下去不行。”杨乡长立即叫来办公室的张秘书，叫他起草一则公函，给县直各单位发去。他特别交代张秘书，公函上要说清楚两层意思，一是感谢大家对老肖家的关心；二是老肖家的困难我们强盛乡有能力自己解决，请大家不要再费心了。

公函发出后，前来送温暖的单位果然少了，杨乡长感到一丝轻松。然而就在这时，办公桌上的电话却响了。

电话是县委一位领导打来的。领导问：“老杨啊，听说你们不再需要社会各界为老肖家送温暖了，这是怎么回事啊？”

杨乡长不敢在领导面前撒谎，只得实话实说：“主要是接待不起，应付不了……”

“老杨啊，”电话那头，领导严肃地说道，“为受灾群众排忧解难，体现了我们社会主义大家庭的温暖，反映了无私奉献的革命精神。这些都是我们在新世纪夺取新业绩的精神食粮，应该好好珍惜才是。什么叫作接待不起、应付不了？同志啊，我们不能算小账，要算大账，算政治账，要学会透过表象看本质，透过本质看价值……”

杨乡长很想对领导说些什么，但终究什么也没有说得出来。

汇报汇报

李镇长上午上班刚在办公室坐下，分管农村工作的黄副镇长便找上门来了。黄副镇长急急地说：“刚才我接到县农业局的电话通知，说是由农业局王局长带队的县农民增收工作检查组马上就要来我镇检查了，要我们认真做好准备。”黄副镇长接过李镇长递过来的毛巾，擦了擦额上沁出来的汗珠，继续说道，“通知说，这次检查是代表县政府进行的，必须镇长亲自作汇报。”

“要我汇报可以啊，不过汇报稿你们得给我准备好。”李镇长关照道。

“汇报稿我们早就准备好了。”黄副镇长从公文包里掏出一沓材料递给李镇长，“您先审阅一下，您先审阅一下。”

李镇长是不久前刚刚由副镇长荣升为镇长的，代表镇政府汇报工作以前还没有过，他知道“干得好不如说得好，总结汇报很重要”的道理，对于汇报材料丝毫马虎不得。他点上一支烟，一边抽一边认真地看着黄副镇长留下来的汇报材料。汇报材料还没看完,黄副镇长又忙不迭地跑来通报道,由王局长带队的县农民增收工作检查组已经到了。李镇长把汇报材料往公文包里一塞,赶紧奔去迎接。

根据安排,检查组首先要听取李镇长代表镇政府做农民增收工作的情况汇报,然后还要实地查看农民增收现场。

汇报会在镇小会议室里举行。李镇长首先对王局长带队的检查组的到来表示热烈欢迎,然后不慌不忙地从公文包里拿出装订得整整齐齐的汇报稿,有条有理一字一板地念起来。然而,让人始料不及的是,王局长的眉头却皱紧了。他轻轻地敲敲桌子,不紧不慢地说:“李镇长啊,你难道对农民增收的情况一点都不熟悉,只能照本宣科地汇报,这不是敷衍了事吗?你要知道,我们是代表县政府来检查的,这不是我们农业局的部门工作。”李镇长愣住了,一时连话也说不周全了。王局长显然很不满意,他借口局里还有一个重要接待必须马上回去。临上车前,他对李镇长说,他会把今天的情况如实地向县长汇报的,这当然不是告状,这是对工作负责,如果县长批评下来,可不能怪他王某人。

王局长前脚刚走,由县民政局方局长带队的县扶贫工作检查组也到了。其实扶贫工作检查县里早就发了通知,并明确要求镇长亲自汇报。汇报材料镇民政办公室早已准备好,李镇长也已经看过几遍,但是,他现在却怎么也不敢把汇报稿拿出来念了。他请方局长他们先到镇招待所休息一会,然后赶忙回到办公室,把门紧紧关上,从办公桌抽屉里找出一本崭新的笔记本,把汇报材料上的主要内容,比如关键数据、主要观点一一誊写到笔记本上,直誊得手臂发麻,浑身酸痛。一切准备妥当,李镇长这才带着笔记本,来到方局长他们休息的招待所,开始汇报起来。

李镇长滔滔不绝地汇报着，笔记本抓在手上，却偶尔才翻一翻。然而，和王局长一样，方局长的眉头也皱紧了。他轻轻地敲敲桌子，不紧不慢地说："小李啊，扶贫工作不是小事啊，你怎么能连汇报材料都不好好准备准备，只是在笔记本子上涂涂画画，随随便便说几句呢？你要知道，我们是代表县政府来检查的，这不是我们民政局的部门工作。"方局长是全县少有的几个老资格局长。李镇长把笔记本抓在手上，一时不知道说什么才好。方局长显然也很不满意。他借口局里还有一个重要接待，必须马上回去。临上车前，他对李镇长说，他会把今天的情况如实地向县长汇报的，这当然不是告状，这是对工作负责，如果县长批评下来，可不能怪他方老头子。

汇报了两次，挨了两次批评，李镇长的心里窝着一肚子气。他午饭也没吃，回到家倒头便睡，一直睡到下午快要下班的时分也没有醒。突然，蒙眬中他听到手机在响。原来是分管安全生产的吴副镇长在找他。

"什么事啊？"李镇长咕哝了一句。吴副镇长着急地说："由县安监局马局长带队的县安全生产检查组已经来到我们镇上了，正在会议室等你汇报工作呢。"又是检查组？又要汇报工作？李镇长叹一口气，很不情愿地从床上爬了起来。等走到会议室门前，他才想起他根本没有做汇报的准备，连笔记本也没有记得带上。

"躲到什么地方开心去了，我来了也不接见一下？"马局长曾和李镇长一起在县委党校学习过，他半真半假地对李镇长说道，"我这次是代表县政府来检查安全生产工作的，你得给我好好汇报汇报。"

李镇长一边发香烟一边说道："你马局长是钦差大臣，我怎敢怠慢?”他看了一眼手表,“不过,时间不早了,还是先去吃晚饭吧。等吃饱喝足了,再听我慢慢汇报也不迟嘛。”“好的,先吃饭,先吃饭。”大家附和着,向镇宾馆走去。

这顿饭足足吃了三个多小时。从宾馆出来时,马局长他们一个个都变得脸红脖子粗。马局长打着酒嗝,嚷道:“喝多了,不行了,我得回去了。”李镇长借着酒劲,一把拉住他,说:“走?不准走,你们还得听我汇报工作呢!”马局长看一眼李镇长,不解地说:“汇报工作?刚才在酒桌上你不是汇报过了?汇报得很好嘛。”临上车子,他又拍拍李镇长的肩膀说:“你们对安全生产这项直接关系到人民群众生命财产安全的工作……这个这个……思想上高度重视,措施上非常实在,我会向县长详细汇报的。不过,县长表扬下来,你老兄可别忘了请我喝几杯……”

马局长他们走远了,李镇长还站在那儿不停地挥着手。这时,分管计划生育工作的韦副镇长走到他身边,小心翼翼地说:“刚才我接到电话通知,说是明天上午由县计生委顾主任带队的检查组,要代表县政府来我镇检查计划生育工作。计划生育是基本国策,要你亲自汇报。你看我们要不要为你准备准备汇报材料?”

“不要准备了!”李镇长白了韦副镇长一眼,“他们到了之后叫我一声就行了。”说着,哼着小调,一摇一晃地向远处走去。

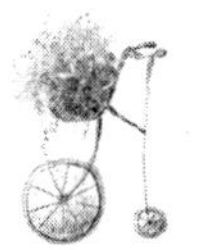

真实的故事

王德有两大爱好，一是爱好交朋友，二是爱好讲故事。他的朋友，以多而闻名。到底有多少朋友，他自己也说不清。他的故事，以真实而著称。不管是什么故事，总是时间、地点、人物等各个要素一应俱全。

一日，王德和几个朋友在饭店饮酒。几杯剑南春下肚，大家都兴奋起来。有人嚷道："老王，来段故事！"

"行。"王德很是爽快，"不过，我讲一个故事，你得多喝一杯酒。"

"没问题。"那人同样爽快，"但是，你可得讲真实的故事。"

王德把一杯酒倒进嘴里，显得有些不快："我什么时候讲过虚假的故事？告诉你，我今天就讲一个自己亲身经历的故事。这不可能有假吧？"

热烈的掌声中，王德开始讲了。他说："那年的春天，我到山东出差。火车上，和我坐在一起的是一位妙龄女郎。她长得实在是漂亮，就跟大明星巩俐差不多。旅途太寂寞了，我就讲故事给她听，听得她眼睛都不敢眨一眨。后来，我在济南下了车，哪知她也下了车，并跟着我住进了一家旅店。她说，我讲的故事她还没有听够，要我再讲给她听。就这样，我们虽然萍水相逢，但却有了一个销魂之夜……"

突然，王德话锋一转："你们猜，那位小姐的什么最让我忘不了?”

“长头发?那位小姐的头发一定很飘逸。”朋友甲说。

王德摇摇头。

“眼睛?那位小姐的眼睛一定很迷人。”朋友乙说。

王德摇摇头。

“身材?那位小姐的身材一定很诱人。”朋友丙说。

王德摇摇头。

“别卖关子了,快说吧。”朋友们一齐催道。

王德双眼眯着,好像陶醉在某种遐想之中:“最让我忘不了的是她屁股上的一对胎记……”

众人哗笑不已。

王德在股级岗位上已经整整十个年头了。这次组织上准备把他提拔到副科级岗位上。根据干部提拔制度的要求,县报上刊登了他和其他拟提拔的同志的名单,以便听取各方面的意见。

这就叫任前公示。

公示过后,王德非但没有被提拔,反而接到组织部门的通知,要他去接受诫勉谈话。

领导问他:“听说你有一次到山东出差,在火车上遇到一个姑娘?”

“是的。”王德点点头。

领导继续问他:“后来你就用故事迷住了她?”

“是的。”王德又点点头。

“再后来,你们就一起住进了济南的一家小旅馆?你还记住了那个姑娘屁股上的一对胎记?”领导的语调提高了许多。

“是的,这都是真实的故事。”王德的态度出奇的好。

“同志,虽然现在改革开放了,但是在男女问题上仍然要严格要求,决不能犯错误啊。”领导很严肃,也很诚恳。

“我知道。其实,其实那个姑娘就是我现在的老婆。”王德不好意思地说。

“不可能吧。”领导难以置信,“谁会拿自己的老婆开玩笑?”

“真的,我讲的是真实的故事。领导如果不相信,可以去调查。”王德认真地说。

“难道你要领导去检查你老婆的屁股?”领导的脸沉了下来。

王德愣在那里,什么话也说不出来了。

第一次露面

黄健是由市委副秘书长调任向阳县委书记的。上任一周,他没有出门一步,整天窝在办公室里看材料、听汇报。倒不是他的官僚主义有多严重,而是他觉得自己到向阳的第一次露面很重要,一定要选一个恰当的时机。他当市委副秘书长好多年了,懂得这些道道。

今天是星期天。天一亮,黄书记就给办公室吴主任打电话,说是决定到王湾乡柳树村去一趟,让他安排一下。黄书记怎么会把自己这么重要的露面选在柳树村呢?原来,柳树村是有名的种植西瓜的专业村。可是来到向阳后,黄书记却收到不少来自柳树村的群众来信,反映今年的西瓜只开花,不结瓜,请求领导去帮助解决。黄书记反复考虑,觉得把自己的第一次露面定在那儿很合适。

上午八点，根据吴主任的安排，陪同黄书记下乡的同志都已赶到。他们当中有县委分管农业的赵副书记，县政府分管农业的钱副县长，还有县农业局孙局长、县农业机械局李局长，以及县水利局郑局长等各方面的负责同志。县报社、电台、电视台等新闻单位的五名记者随同采访。八点十分，黄书记来了。在吴主任的介绍下，他和大家一一握手。随后，便与大家一起分乘两辆考斯特面包车向王湾乡驶去。

然而，奇了。面包车刚刚启动，黄书记的手机便“嘀”的一声响。他拿出来一看，原来是收到短信了。短信不是什么祝福语，也不是什么中奖的消息，而是一段顺口溜：“书记下乡，带着随从一帮；轿车嫌小，叫来面包帮忙；大小官员，个个围在身旁；各路记者，抱着‘长炮短枪’；如此排场，胜过皇上出访。”

看到这里，黄书记的眉头皱了一下，但他什么都没有说，谁也不知道发生了什么。时间不长，便来到王湾乡境内。王湾乡的张书记和马乡长早已等候在交界处，见黄书记一行来了，就要带路到柳树村去。黄书记对他们说道：“大家不要前呼后拥，还是分几路进行吧。张书记带我和农业局的孙局长到柳树村去，其他同志分头到附近几个村的农民家里了解了解情况，看看他们的生产生活上有什么困难。”这是大家没有想到的，但黄书记已经这样安排了，只能这么办了。

黄书记由张书记领路，向柳树村赶去。没走多远，黄书记听到手机又“嘀”的一声响。他拿起来一看，原来又收到短信了。这次还是一段顺口溜。顺口溜是这样说的：“书记下乡，大有名堂；摆摆样子，明星来当；‘重要指示’，念作台词；‘公仆形象’，实在做作；可怜记者，不停奔忙；如此作秀，贻笑大方。”

看到这里，黄书记的心又“咯噔”了一下。他这才发现，原来自己正处在记者的包围之中：文字记者和他贴得很近，好像害怕遗漏了他的任何一句话；摄影和摄像记者的镜头不停地对着他，好像害怕错过了他的任何一个表情细节。黄书记顿时明白，人家为何给他发这么一段顺口溜。他叫过记者，对他们说道："你们不要把我当作明星。据我所知，农业局的孙局长是专家，我请他和我一起到柳树村去，是要让他帮助解决西瓜只开花不结瓜的问题。马上他要回答农民们的提问，你们好好拍下来，回去后播出去对农民们会有帮助的。"说得记者们不住地点头。

从柳树村回到乡政府机关，已是中午十二点了。此时，王湾乡早已在王湾大酒店安排好了午饭，其他领导也都回来了，只等黄书记一到就去那儿开饭。黄书记对大家说："午饭就不在这里吃了，我们现在就回去吧，免得增加基层的负担。"他见有几个人好像不太情愿，就笑着说："如果谁饿得难受，可以先买点面包啃啃。"其实，黄书记心里明白，只要他们一走进大酒店，他的手机就会"嘀"的一声，再一次收到顺口溜。

晚上八点，黄书记正在收看县电视台播放的《向阳新闻》。根据黄书记的要求，新闻里没有专门播放黄书记和其他县领导下乡的消息，只是重点播放了农业局孙局长回答农民提问、指导农民解决西瓜只开花不结瓜问题的专题。毫无疑问，今天的电视明星是孙局长和柳树村的农民。突然，黄书记放在手边的手机又"嘀"的一声响。他拿起来一看，原来又收到了一则短信息。和以往一样，短信息还是一段顺口溜："汽车轮子转啊转，书记周末下乡转：不在镜头前面转，不去酒店里面转，只在农民地头转，吃饭时候回家转。书记下乡树形象，这样的干部我喜欢！误会书记莫计较，冷言冷语都不算。"

黄书记看到这里，不由长叹一声，心想：老百姓真是太可爱了，要不是那几句顺口溜，我留给他们的会是这样的印象吗？一天来，是谁在不停地通过短信息提醒自己、监督自己呢？给他发短信息的人的手机号码就留在他的手机上，他只要打过去，一问就知道是谁。可他没有打，他觉得没这个必要。不过，他也给对方发去了一则短信息。当然，也是一段顺口溜："不问你的姓和名，不管你是男还是女，你的几段顺口溜，捎来几番真挚情，逆耳忠言价无限，让我好好谢谢你！"最后又写道："我的手机不关机，时时刻刻期待你！"

信息发出去后，黄书记又给办公室吴主任打去电话。他请吴主任把他的电话号码、手机号码，还有电子信箱全都公布在县报上。作为县委书记，他要让全县的老百姓都和给他发短信息的那人一样，时时提醒自己，处处监督自己。

特殊使命

今天一大早，乡党委钱书记便敲开了乡党委委员、人武部部长吴涛的家门。钱书记对吴部长说："老吴啊，你今天把手上的事情放一放，专程到胜利村二组的李桂花家去一下。这几天她天天来乡里上访，简直快成上访专业户了。我们不能坐等群众上访，而要主动下访才是。"

"好，我去。"吴部长答应道。

"你到了她家，一定要把事情弄清楚，掌握解决问题的第一手资料。"钱书记笑着关照道，"你可不能耐不住性子。没有我的电话,你可不要回来啊。”

“那当然,我曾经是个军人,一向服从命令听从指挥。书记不下命令,我怎敢撤退?”吴部长打趣道。

骑着摩托车,吴部长很快便到了胜利村村部。在村治保主任的带领下,没费多大劲就找到了李桂花的家。说来也巧,李桂花正准备再次到乡里上访,看到吴部长来了,只好重新打开屋门,把吴部长和村治保主任让进屋里。

吴部长一坐下,便掏出笔记本,对李桂花说道:“李桂花同志,我今天受乡党委钱书记的委托,专门来听你的意见,你有什么委屈,就全部说出来吧。”

其实,李桂花反映的问题很简单。李桂花的丈夫叫王二憨,是一个老实本分的庄稼人。上个月二十六,村主任来收“两上缴”,王二憨说交钱可以,但农民负担“明白卡”上没有的一分也不能交。村主任说,你个王二憨也学会刁民那一套了。二憨说,我是刁民,你就是刁民的头头了。哪知村主任二话没说,顺手就是两个耳光,打得二憨嘴里、鼻子里鲜血直流,耳朵也“嗡嗡”地响。这不,现在还躺在床上呢。

听完李桂花的哭诉,吴部长来到二憨的床头,听他又讲述了一遍。这样,几个小时下来,笔记本上已记了好几十张纸。

村主任属乡党委管的干部。为了真正掌握第一手资料,给领导解决问题提供可靠的依据,吴部长就一些细节问题反复询问了李桂花。例如,村主任是哪只手打的二憨,二憨有没有还手,当时有哪些人在场可以证明……然后,再找二憨进行核实。几个回合下来,已快十一点钟了。

吴部长问李桂花对事情的处理有什么要求。李桂花提出了三条:一要撤村主任的职;二要上门赔礼道歉;三要承担二憨的医药费、营养费、误工费。三条中有哪一条做不到，她都不罢休。

至此，事情已经十分明了。吴部长看一下手表，已快十二点了。他准备回机关时，突然想起钱书记的关照，只得又坐下来，没话找话说。他说处理问题要有一个过程，反映的问题还要找村主任核实，请知情人证明，必须耐心等待。李桂花显然没有什么新的内容要补充了，一个劲地说："感谢乡里干部，我们服从乡里的处理。"

这时，吴部长的手机响了。电话是钱书记打来的。他说："老吴啊，你真不愧是个老兵。现在你的任务完成了，可以回来了。我在好再来饭店等你。"

好再来饭店在乡政府的对面。吴部长赶到时，钱书记、张乡长等领导正一个个在大厅里等候他。吴部长掏出笔记本，说："各位领导都在，我把情况汇报汇报。"钱书记打断他的话说："现在是吃饭时间，吃饭不谈工作。"

席间，钱书记站起身子端起酒杯，第一个给吴部长敬酒。吴部长诚惶诚恐，也赶忙站了起来。钱书记说："老吴啊，告诉你一个让人欢欣鼓舞的好消息。今天上午，县委马书记陪同市委姜书记到我们乡检查了工作。除了我和张乡长以外，这个消息事前没有向任何人透露。两级领导对我乡的工作很满意，说我乡经济发展快，大局稳定。其实，这大局稳定里面也有你一份功劳啊。"他碰了一下吴部长的酒杯，神秘地说："你知道吗？今天上午你出色地完成了一项特殊使命，那就是有效地稳住了李桂花，给领导检查工作创造了一个良好的环境，也为我们乡争得了荣誉。你想，如果你不去稳住李桂花，她就会到乡里上访，给领导们留下的又是一个什么印象？"

听着钱书记的话，吴部长竟然愣住了，手中端着酒杯，就是不知道往嘴里送。

镇长的礼物

李镇长一觉醒来，已经是下午三点多钟了。迷迷糊糊中，他突然想起今天是“六一”国际儿童节，作为一镇之长，必须对祖国的花朵们有所表示。于是，他赶忙给办公室黄主任打电话，要他抓紧准备一下礼物，马上和他一起到镇幼儿园慰问孩子们。

很快，“奥迪”载着李镇长和黄主任向镇幼儿园疾驰而去。车内，黄主任向李镇长汇报说，为孩子们准备的一箱玩具和一箱饮料，已经派人送到了幼儿园，到时得请李镇长亲手发下去。“我当然要亲自发了，这样才能真正把温暖送到孩子们的心坎上嘛。”李镇长认真地说道。

镇幼儿园的孩子们在阿姨们的带领下，拍着小手，唱着歌儿欢迎李镇长的到来。李镇长走下车子，笑容可掬地和阿姨们热情地握握手，亲切地道一声“辛苦了”，再笑容可掬地抚摸着孩子们的头，亲切地说一句“节日好，节日好啊”。镇上的土记者们得到李镇长到幼儿园慰问的消息后，也闻讯赶来了，照相机对着李镇长不停地闪了又闪。

黄主任把一箱玩具和一箱饮料从幼儿园阿姨的办公室吃力地搬到李镇长的身边，轻轻地提醒道：“李镇长，礼物来了，您亲自发吧。”“好的。”李镇长点点头。礼物的包装箱已经打开，他拿出一只小飞机，动情地说道：“今天是孩子们的生日，我给大家带礼物来了。尽管是一些小玩意，但也是我对孩子们的一片心意啊。”说着，把礼物一一递到孩子们的手上。

李镇长分发礼物正在兴头上，突然，孩子们竟然搂成一团，互相扭打起来，有的还哭起了鼻子。阿姨们急了，连忙迎上去把孩子们分开，并且狠狠批评了最先闹的几个孩子。

一个胖墩墩的小男孩举起手中的玩具猴，不服气地说：“这只小猴子本来就是我的，可是镇长伯伯给了小明，我找他要，他就是不给我。”“不对，这只小猴子是我的，我在上面做上记号了。”那个叫作小明的小男孩感到很委屈，撅着小嘴咕哝着。这时，又一个漂亮的小女孩也挤到阿姨的身边，奶声奶气地说：“这是我从家里带来的娃哈哈，刚才阿姨收上去的时候还说是谁的还给谁，可是，可是萍萍就是不给我……”面对孩子们的“投诉”，阿姨们既要调解这个，又要开导那个，一时间招架不过来了。

眼前的一切，不由使李镇长一愣。他朝包装箱里一看，更是傻眼了。原来，包装箱里的玩具、饮料各式各样，显然是临时拼凑起来的。他连忙问黄主任这是怎么回事？黄主任支支吾吾地说：“您让我准备一些礼物到幼儿园来慰问，可我看到时间很紧，就给园长打了电话，让她代为准备，然后再以镇长的名义发给孩子们。”他叫过园长，追问怎么会发生这样的事？园长见掩饰不过去了，便老老实实地告诉道：“接到黄主任的电话，我想，镇长来幼儿园慰问也不过是走走形式，表示一个意思，幼儿园的经费很紧张，何必真的花上这笔钱呢？所以，所以就让孩子们把从家里带来的玩具和饮料收了上来，凑齐了两箱礼物……”

“乱弹琴！”李镇长火气十足地对黄主任呵斥，“我看你怎样收场！”

黄主任愣在那里，不停地擦着汗。突然，他转过身去，面带微笑地对孩子们说道：“小朋友们能不能告诉我，你们从家里带来的玩具啊，饮料啊，是谁给你们买的？”

“是爸爸买的。”“是妈妈买的。”“是爷爷奶奶买的。”“是外公外婆买的。”孩子们个个兴高采烈，举起小手抢着回答。

“小朋友们说得很对，可是买玩具也好，买饮料也好，都是要花钱的，爸爸妈妈的钱，爷爷奶奶的钱，外公外婆的钱是从哪儿来的呢？”黄主任继续问道。

有的小朋友摇摇头说不知道，也有的小朋友说他们大人有工资，工资就是钱。黄主任赞许地点点头，然后话头一转：“可是，他们的工资又是谁发的呢？”

这一下，孩子们都被黄主任的问题难住了，没有人能够回答得出。这时，黄主任一指身边站着的李镇长，大声地说道：“就是这位李镇长伯伯。李镇长是我们的领导，你们大人的工资就是李镇长发的。”

“我们知道了，大人给我们买玩具、买饮料的钱都是镇长伯伯发的。”孩子们顿时抢着回答起来。

“所以说，”黄主任拿过一只玩具狗熊和一听娃哈哈饮料，一字一板地说道，“这些都是李镇长给小朋友们送来的节日礼物。”

“这些都是李镇长给小朋友们送来的节日礼物。”孩子们学着黄主任的样子，一齐响亮地说道。

“说得太好了！”这时，李镇长带头鼓起掌来，脸上堆满了笑容……

给你送辆车

明天是清明节，他肯定是要回老家祭祖的。但至于用什么交通工具，他到现在都没有拿定主意。

这一整天，他尽想这事，想得头都大了。

刚端起饭碗，手机响了——是父亲打来的。

你明天几点能到家？身在老家的父亲问。

他回道，我也说不清楚，可能不会太早吧。

父亲追问，咋了？是不是要加班？

不是。他告诉道，我不知道怎么回……现在车子不好用了……说了你也不懂，你就耐心等我吧，反正我肯定回去……

这……父亲怔住了，他也就放下了手机。

早就让你考个驾照，可你就是不听。妻子把茶杯放到他的面前，嗔怪道，如果当初你同意我考，我也可以送你啊……

他白了妻子一眼，一时不知道说什么好。

他的老家其实离他所在的小城不算太远，算足了也就六十多里路。不过，以往他就很少回去，一来工作确实忙，二来父亲身体挺硬朗的。这几年他回去得更少了，主要是很不方便。

他是局里的一把手。

像他这样的一把手，虽然也称局长，但是级别只有科级。科级干部不可能配备专车，可是车辆还是相对固定的。因此，他偶尔想起回老家看看父亲，说走也就走了。

后来，公车使用的规定越来越严格了，他就再也没有用过。倒不是他的觉悟有多高，而是觉得在这方面犯个错误划不来。每次要回老家，他就向局里的同事借辆私家车。局里的驾驶员开私家车送他回去，好像没人会说什么。何况他本来就回去得很少。

明天是清明节，他起初计划还像以往那样，向同事借辆私家车，请局里的驾驶员送他回去，可是想来想去觉得不妥——清明节你要回老家祭祖，人家驾驶员不要祭祖吗？

当然，他也可以请有私家车的朋友送他回去，可是……可是他开不了口。在局长的位子上待长了，他养成了不轻易开口的习惯。

你别伤脑筋了，明天乘公共汽车回去吧。妻子说。

乘公共汽车？他问道。

妻子反问道，这不可以吗？

我没说不可以啊。他说，可是你知道公共汽车几点发车？公共汽车只能到达镇上，从镇上到老家还有十来里路怎么走？

妻子不再说什么了。

其实，他心里想的还不仅是这些。自从有了一官半职之后，他就再也没有坐过公共汽车。他是知道城里的公共汽车站搬迁了，但具体搬到哪个位置他并不清楚。他估计他已经受不了公共汽车上的嘈杂、气味和灰尘了。再说了，在这不大的城市里，一个局长乘公共汽车出行，在别人看来要么是落魄要么是作秀……

那……那干脆打个的士吧。妻子眼睛盯着电视，但心里也在一直想着他的苦恼。

我是回去祭祖的，一时半会儿回不来，的士驾驶员难道一直等下去？他考虑的不仅是的士的费用，而是觉得把一个陌生人带回老家并且一待半天，那是绝对不可以的。还有，打的士回老家，邻居们会怎么看他……

这也不行，那也不行，那我不管你了。妻子显得不耐烦了，又咕哝起那句话，让你考个驾照你不听，我要去考你又不同意，活该！

考驾照考驾照，即使现在去考也来不及啊。他在心里嘀咕着，无奈地躺到床上。

一夜没能睡好。

铃……手机响了，他睁开惺忪的眼睛，原来是父亲打来的。

你还没起床吗？父亲说，天都大亮了，我已到你楼下了。

你到我楼下？他一跃而起，这么早赶过来，出什么事了？

没有出什么事。父亲轻松地说，我只是给你送车来了。

给我送车来了？他赶紧小跑着下楼。

楼下，父亲笑眯眯地迎接着他。父亲的身旁停着一辆三轮车，三轮车上放着一辆自行车。自行车虽然有点旧，但擦拭得非常干净，在初升的阳光下锃亮锃亮……

你这是……他蒙住了。

这是你骑过的永久自行车。父亲依旧那么笑眯眯地说，自从你进城以后，这辆车你就再也没有碰过。我就把他擦得干干净净地放在家里，时不时地给它上点油……

是啊，在乡下工作那阵子，我就是骑着它风里来雨里去的啊。他突然想起，他虽然没有驾照开不了汽车，可是他还是会骑自行车的……

楼 上

儿子在深圳做生意，儿媳妇去上海进修，陈老太被接来照应上小学的小孙子。

晚上，陈老太刚将小孙子安顿好，门铃却突然响了。“楼上——”正当陈老太准备跑去开门的时候，小孙子却大声叫了起来。说来也怪，门铃不再响了，只听见脚步“咚咚咚咚”直往楼上跑去。

“这是怎么回事呀?”陈老太问小孙子。

“那是送礼的，我家楼上住着一个大领导。”小孙子把嘴贴到奶奶的耳朵边，神秘地说，“送礼的人楼上楼下分不清，经常会来按我家的门铃。门铃一响，爸爸妈妈就叫‘楼上’。”

陈老太可不信，万一人家就是到我家来的，怠慢了人家那该怎么办? 夜里，门铃又一次响起。陈老太开亮电灯，打开防盗门上的小窗，只见一个手提大包小包的中年人探过头来，满脸堆笑：“领导睡了吗?”果然是找领导的。“楼……楼上——”陈老太竟然也这样说道。

后来，门铃还是经常被按响。门铃一响，陈老太就会条件反射似的叫一声“楼上——”可是，最可恨的是门铃的响声，常常会将小孙子惊醒。夜里睡不好，陈老太倒也无所谓，可影响小孙子第二天上学那就是大事情了。

春节快要到了，门铃被按响的次数不断增多，陈老太不知一个晚上要叫多少次“楼上”。

小孙子给她出主意，让她把电池取下来，这样门铃就不再响了。她觉得这个办法好，立即照办了。哪知更糟——门铃按不响，来人就连连拍打防盗门。陈老太仍然要叫“楼上”，仍然被搅得不得安宁。

春节过后，儿子媳妇一个回深圳，一个回上海了。元宵节这天晚上，只听见又是一阵“咚咚咚咚”的脚步声。人一定很多，楼梯被震得直颤动。可是，这次他们没有走错，而是直接到楼上去了，陈老太也就没有叫“楼上”。

第二天，安静了一个晚上，陈老太没有叫一声“楼上”。她和小孙子睡了一个安稳觉。

第三天，又安静了一个晚上，陈老太还是没有叫一声“楼上”。她和小孙子又睡了一个安稳觉。

陈老太觉得奇怪。一打听，原来楼上那位领导出事了，元宵节那天晚上还被抄了家。她明白了，怪不得那天晚上“咚咚咚咚”的脚步直奔楼上，一点也没有搞错。

从此，陈老太和小孙子每天晚上都能睡个安稳觉了。小孙子说，这样真好。陈老太也说，这样当然好了。

请　客

天刚蒙蒙亮，王副镇长就起床了。今天上午，正在召开的镇人代会将要举行选举，选出新一届政府组成人员。说实在的，他是很想连任下去的。

这时，镇水产站李站长来了。李站长五十刚出头，一副憨厚的模样。他不好意思地说："副镇长，我想请你……请你……"

"说吧，咱们是老同事了，何必这样吞吞吐吐。"王副镇长是分管农业和农村工作的，他一直称下属为他的同事。

"今天是我儿子大喜的日子，我想请镇党委、人大、政府三套班子的领导晚上到我家喝盅喜酒，请你赏光。"李站长满脸诚恳。

"你这么年轻就娶儿媳妇了，可喜可贺。"王副镇长显得非常高兴，也非常爽快，"我去，这盅喜酒我一定喝。"

"谢谢，谢谢，晚上我再来请，再来请。"李站长说着，折回头，向另一位副镇长家走去。

上午的镇人代会选举如期进行，出人意料的是，王副镇长落选了。

本来，王副镇长（暂且让我们还这么称呼）是不想和那些人大代表共进午餐的，但为了表明自己尊重民意，落选后没有半点情绪，他还是留了下来，并微笑着向代表们频频敬酒。不过，午饭过后一回到家里，他便一头扎到床上蒙头就睡。

等他起床时，天快黑了。他打开屋门，正巧李站长走了过来。王副镇长这才想起上午李站长约他晚上喝喜酒的事。

李站长显然已经知道王副镇长落选了。他劝慰道："老王，落选就落选吧。咱是共产党的干部，能上能下，不要想不开。"

"你看，我像想不开的样子吗？"王副镇长笑笑，似乎非常轻松。

"这就好，这就好。"李站长说道，"今天是我儿子的良辰吉日，我正忙着请镇领导喝喜酒，没时间陪你了，真不好意思，真不好意思。"说着，李站长向不远处的镇农科站张站长家走去。在上午的选举中，张站长当选为副镇长，从而取代了王副镇长。

王副镇长傻了，李站长不再请他喝喜酒是他始料不及的。他心里好一阵酸楚，不禁长叹了一声。

第二天早晨，王副镇长没起床时，便有人敲门，打开屋门，原来又是李站长。

“老王，我想请你中午到我家喝盅喜酒。”李站长仍是那副憨厚的样子。

“不去。”王副镇长冷冷地说道，“我不当副镇长了，你还请我喝什么喜酒？”

“噢，老王你肯定生我的气了。”李站长似乎想起什么，“昨天晚上我请的都是镇领导。早晨你是副镇长，我应当约你，晚上你不是副镇长了，我当然不好再请你。不过，今天中午请的都是我的同事。作为同事，你可得去啊。”李站长依然是那样的诚恳。

“原来老李昨天要请的是副镇长，而不是某个人。”王副镇长似乎明白了什么。不过，他不知道今天中午这顿喜酒自己到底该不该去喝。

县长“补台”

芜州县投资三千万元新建的大型垃圾处理场已经全面竣工，即将正式投入使用，县委、县政府研究决定在八月八号上午八时零八分，隆重举行落成典礼。因为这个垃圾处理场在全省县级当中堪称第一，芜州县的上级机关市委、市政府的领导也兴致勃勃

地赶来了。

典礼由李县长主持。整个典礼在热烈的气氛中进行着。首先是市委、市政府的领导和芜州县委、县政府的领导一起为垃圾处理场剪彩，接着是市政府吴市长发表热情洋溢的祝贺讲话，最后是芜州县委钱书记作表态发言。他感谢市委、市政府的领导前来参加典礼，并表示一定把垃圾处理场管理好、经营好，更好地造福全县人民。按照事先安排好的程序，整个庆典马上就要结束了。趁着钱书记正在讲话的当口，主持人李县长悄悄地征求台上各位领导的意见，问他们有没有什么要讲的了。其实这是一种礼节性的做法，领导们也都知道，所以都要么摆摆手，要么摇摇头。然而，让李县长始料不及的是，当最后征求市委杨书记的意见时，杨书记却连连点头，爽快地说："好，好好，我就说几句。"

县委钱书记讲话结束了，李县长大声宣布道："现在，让我们以热烈的掌声，欢迎市委杨书记作重要讲话！"不过，李县长没有像刚才那样立即退到话筒的后边，而是站到了话筒的右侧。为什么？因为李县长当过多年的领导秘书，十分清楚下级的一个重要使命就是为领导"补台"。当领导如果因为准备不足而一时语塞时，下级就必须适时地补上去，从而维护好领导的形象。今天杨书记显然是一时高兴而要讲话，秘书们并没有给他准备讲话稿，李县长觉得，万一出现什么意外，给他"补台"，也是他这个主持人的重要责任。

热烈的掌声中，杨书记走到了话筒前。他激动地说："了不起啊同志们，一个县能建成这样的垃圾处理场简直是个奇迹。"他略一停顿，继续说道，"现在，这个垃圾处理场每天可以处理垃圾……处理垃圾……""处理垃圾三千吨。"李县长见杨书记一时说不上来，赶紧补上了一句。

“对，对对。”杨书记看一眼站在身边的李县长，继续说道，“每天可以处理三千吨垃圾，这样的话，芜州县城里的卫生环境就会大大改观。并且，据我所知，这个垃圾处理场的设备也是国际一流的。”他清清嗓子，扳着手指头说开了，“垃圾处理设备，最好的是美国，第二是德国，第三……第三……这个第三嘛……”“第三是英国。”李县长赶紧又补上一句。

“对，你们李县长说得对，第三是英国。你们县的设备就是英国的，这不是世界一流吗？”

杨书记擦一把额上沁出的汗水，说道，“我希望芜州县委、县政府以建成大型垃圾处理场为契机，不断实践‘三个代表’。‘三个代表’的核心，就是……就是……”“就是代表全中国人民的根本利益。”李县长又赶紧补上一句。

杨书记侧过头来，看一眼站在身边的李县长，先是“哈哈”了两声，随后说道：“我这个人才疏学浅，孤陋寡闻，让李县长操心了。”

台下一片哄然大笑。刚才还在暗暗得意的李县长，这才发现自己额头上全是汗水。

典礼结束了，杨书记执意改变原来的计划，不在芜州吃饭而立即赶回市里。送行时，李县长凑上前去，想对杨书记解释几句。没等他开口，杨书记却对身旁的分管干部工作的市委马副书记说道：“老马啊，我今天发现人才了。市环卫所所长人选不是还没有定下来吗？我觉得老李就不错，不但年富力强，而且懂得那么多……”

果然，没过多久，李县长就调到市环卫所任所长去了。

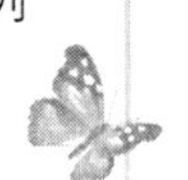

赵县长的慰问金

星期一一上班，赵县长就带着办公室钱主任、民政局孙局长，还有电视台、报社的几个记者驱车到全县最贫困的大岗村访贫扶贫。尽管这天适逢北方的一股寒流突然袭来，气温陡然下降了十多度，但赵县长的到来无疑使贫困户们感到非常温暖。面对欢迎的人群，赵县长满怀深情地说："春节快要到了，大家过年的物资准备得怎样了？是不是家家户户都有棉衣穿、都有鱼肉吃、都有钞票花？我实在是放心不下啊。工作再忙，天气再冷，我也要把温暖送到大家的心坎上。"他从村子东头开始，拧起锅盖看看这家吃得好不好，掀起被褥看看那家盖得厚不厚，嘘寒问暖，体贴入微，还不时地从皮大衣的口袋里掏出一只信封递给贫困户，说："这是我送给你的两百块慰问金，你拿去买点东西好好过个年。"接过赵县长的慰问金，贫困户们无不激动得热泪盈眶，连连说道："谢谢赵县长！谢谢赵县长！"有几个还禁不住一头跪倒在赵县长的面前……

赵县长就这样一家一户地送着慰问金，电视台记者的摄像机也一刻不停地把这感人至深的一幕幕摄入镜头。突然，一个五大三粗的中年汉子冲上前来，拦在了赵县长的面前，大声喝道："姓赵的，你别演戏了！"半路上杀出个程咬金，在场的所有人都愣住了。

"王二憨，你这是做什么？"这时，大岗村李主任阴沉着脸对中年汉子说道，“该忙什么忙什么去，这里没你的事。”

“不行，我非要戳穿姓赵的把戏！”王二憨把含在嘴里的烟头往地上一吐，指着赵县长的鼻子说，“你姓赵的欺人太甚！”

“我怎么了？”赵县长一头雾水，正要发问，钱主任、孙局长赶快把他拉开，劝慰说：“肯定是刁民无理取闹，您不要管他，更不要放在心上。”李主任也赶快把王二憨拉到一边，气愤地说：“平时我们还是哥们，你今天怎么就不给我留点面子呢？”“不是我不给你留面子，而是他姓赵的不是东西！”王二憨倔脾气上来，哪里还把李主任的话当回事。

“你们不要拦我，难道人民县长还怕人民？”赵县长走上前去，拍拍王二憨的肩膀说，“有什么话心平气和地说，何必发这么大的火，我在听着呢。”

见赵县长态度很诚恳，王二憨反而显得有点不好意思了。他说：“慰问金你给得起就给，给不起就算了，反正不该用一只空信封糊弄我们贫困户。”

“什么，我用空信封糊弄贫困户？”赵县长简直不敢相信自己的耳朵，“这怎么可能呢？这不是笑话吗？”钱主任、孙局长也感到王二憨的话十分好笑。

“不信你们自己看。”王二憨说着，把一只信封递到赵县长和钱主任、孙局长他们面前。钱主任接过来一看，信封里确实是空空的。为了缓和一下气氛，他开玩笑说：“怎么会是空的呢，是不是慰问金被你留作私房钱了，才想出这招来？”

“你……你怎么能这样说……”王二憨急了，但他这次还是忍住了，“好，好，就算我王二憨讹你们，可是，其他人不会讹你们吧？你们看看他们手里拿着的是不是空信封？”

这一说不打紧，收到赵县长慰问金的贫困户也都不由自主地

打开信封。说实在的，老实巴交的贫困户刚才没好意思当着赵县长的面把信封打开来看，现在一看，不由都傻了，因为里面果真什么都没有。一时间，大家你看看我，我看看你，说什么的都有。钱主任、孙局长他们也都惊呆了，倒是赵县长十分老练沉着，他自我解嘲道："莫非大家都有特异功能，慰问金到你们手里就成了空信封了？我来看看我口袋里剩下的是不是也是空信封。"赵县长说着，把手伸进口袋里，摸出一只信封来，一看，是只空信封；再摸出一只，也是空信封；继续摸，还是空信封；一连摸出几只，都是空信封……周围的群众全都笑了起来，纷纷把手中的空信封扔在地上，王二憨更是编起了顺口溜："新鲜新鲜真新鲜，县长对咱真关心，信封里面装空气，算作两百慰问金……"

赵县长尴尬极了，脸色也一会儿红一会儿白，越来越难看。突然，他把目光落在了民政局孙局长身上。此时，孙局长显得比谁都着急，虽然天气寒冷，但汗水还是顺着他的胖脸往下淌。他擦一把汗水，跑到赵县长身边。赵县长责问道："你说，这到底是怎么回事？"孙局长支吾着："我……我也感到奇怪，这慰问金都是我一张一张亲自装进信封，亲手交给您的，怎么就成了空信封了？""这么说，信封里的慰问金都被我抽走了？"赵县长发怒了，他冲钱主任叫道，"你让公安局王局长赶快带刑警大队的人过来，我非要把这慰问金查个水落石出！""好，我现在就打电话！"钱主任掏出了手机，拨通了王局长的电话。

不一会，两辆警车鸣着警笛疾驰而来。车未停稳，公安局王局长、刑警大队杨大队长便急匆匆地跳了下来。赵县长对钱主任呶呶嘴，示意他把情况说一说。事情其实并不复杂，钱主任很快就说完了。杨大队长看一眼站在一边的孙局长，问道："慰问金在交给赵县长之前一直在你身边吗？""是的，是的。"孙局长老老实实地回答道，“昨天我一接到赵县长要到大岗村访贫的通知后，就赶快从我们局负责管理的政府扶贫基金中提出了一笔钱，按照每个贫困户两百元的标准，一一装进了信封，并放在公文包里一步不离地带在身边。”“你晚上也带回家了吗？”杨大队长问道。“带回家了，睡觉时就放在床头柜上。”孙局长答道。“家里还有什么人吗？”杨大队长一副打破砂锅问到底的神情。“我儿子在南京读大学，家中除了我就是老婆，没有其他人了。”孙局长有一说一。“你老婆会不会拿呢？”“她怎么会翻我的包？”孙局长摇摇头。“老孙，不要说得那么绝对，还是打个电话问一问吧。”

王局长在一旁不紧不慢地说道：“如果你不问，就只好让我们来问了。”孙局长看一眼王局长，无可奈何地走到一边，掏出手机给老婆春花打去了电话。过了好一会，他才红着脸，走了过来，诚惶诚恐地说道：“我老婆她说了，是……是她拿的。”“你不是说你把慰问金装进信封放在公文包里，她怎么就拿去了呢？”赵县长没好气地说，“你必须给大家说清楚。”“这……这……”孙局长结结巴巴地坦白道，“我老婆一直提防我私藏私房钱，趁我夜里睡着时偷偷检查了公文包。看到这么多装着钱的信封，就以为是我……是我收的红包，就全部给我把钱没收了，只留下了空空的信封……”“收红包的事待以后慢慢查，现在你得给我如实地向贫困户解释清楚。”赵县长紧绷着脸，严厉地说，“造成这么大的政治影响，你承担得起吗？”

孙局长转过身子，面对着簇拥在一起的贫困户，耷拉着脑袋，没精打采地说：“事情弄清楚了……这事不怪……不怪赵县长，都是我的错，都是我的错……”他又很不情愿地把事情的来龙去脉说了一遍，最后承诺道：“赵县长发给大家的慰问金一分不会少，我们民政局下午就派人来补给大家。大家把空信封收好，这

是补发慰问金的凭据……”

赵县长本以为听了孙局长的话，贫困户们一定无话可说了，哪知他想错了，孙局长的话就是没人相信。好半天没开口的王二憨顿时又来了精神，他直着嗓子嚷道：“你姓孙的这是拍姓赵的马屁，他糊弄我们，你帮他开脱！我才不信他堂堂一县之长会拿政府的扶贫基金做他个人的人情。他对我们说过，这是他送给大家的慰问金……”“是啊，你这是拍马屁。”“我们又不是小孩子，谁信你拍马屁的鬼话。”贫困户们你一言，我一语，一边说着，一边用鄙夷的眼神看着孙局长。“这有什么值得怀疑的呢？赵县长是代表县政府来访贫问苦的，这笔钱政府不出，难道要他自己掏腰包不成？”孙局长急了，“这点道理你们怎么都不懂呢？”

贫困户们傻了，一个个愣在那里看着赵县长。“少见多怪！”赵县长轻轻地吐出这四个字，径自向自己的小车走去。他觉得，他不屑与这些不明事理的贫困户多说什么了。

祸从口出

从任市长办公室出来，吴县长显得特别兴奋。他边走边与县政府办公室李主任通电话，告诉他任市长已经同意明天上午 8 点准时出席黄港大桥的通车仪式，并亲自剪彩，要他赶快把通车仪式上的主持词定稿，其他该准备的也要好好准备，千万不能发生任何差错。

任市长的老家就在黄港乡。一条黄港河把黄港乡一分为二。

一次任市长到黄港乡检查工作,站在黄港河边上,看着缓缓东去的河水,他感慨万分,对陪同检查的吴县长说:“我小时候就有一个愿望,那就是在黄港河上建一座大桥。”说者有心,听者更有心,之后,吴县长为兴建黄港大桥多方奔走,并亲自指挥,终于使大桥如期竣工,了却了任市长多年的愿望。

第二天,任市长率市有关方面负责人,亲自赶来出席黄港大桥的通车仪式。自然,通车仪式因有任市长的参加而显得格外隆重。临走之前,任市长握着主持仪式的吴县长的手,连声称谢。人们都说,吴县长这次风头出尽了,既讨了任市长的欢心,也为今后的升迁打下了基础。

然而,黄港大桥通车不久,吴县长却被调到市档案局任副局长了。据说,这样的安排还是任市长亲口提议的。

吴县长尽管绝对服从组织上的安排,但心里怎么也想不通。论年龄,自己刚刚四十出头;论学历,大学本科毕业;论政绩,建成黄港大桥便是明证。有知情人提醒他说,问题就出在黄港大桥上,恰切地说,就出在黄港大桥的通车仪式上。

吴县长不相信,通车仪式安排得隆重热烈,井井有条,会有什么问题呢?他心神难定,非要弄个水落石出不可。他找来当时办公室李主任为他准备的主持词,反复琢磨,仔细推敲,终于看出问题来了。原来,在请任市长为大桥通车剪彩时,他是这样说的:“现在,让我们以热烈的掌声欢迎任市长下台剪彩!”在众人面前要任市长“下台”,那还了得!怪不得当时任市长并没有“下台”去“剪彩”,而是走到话筒前,恳切地说:“我请大桥建设者代表我为大桥通车剪彩!”当时,任市长的话赢得了一片掌声,吴县长也在心中佩服任市长站得高,想得周到呢。

尽管主持词是办公室李主任准备的,但是要任市长“下台”

的话却是他吴某人亲口说出去的，这充分说明自己政治上还不够成熟。吴县长不再感到有什么遗憾了。他主动办好移交手续，心甘情愿地到市档案局上班去了。

乡长没有幽默感

上午上班我刚坐到办公桌前，内线电话便响起来了。我拿起话筒一接，原来是李乡长有事找我。放下话筒，我随手拿起桌上的笔记本，一路小跑地赶到李乡长的办公室。

李乡长正在批阅文件，见我来了，便示意我在他对面的沙发上坐下，说："县委组织部马上要来我们乡进行干部年终考核，要求我们预先准备好个人的工作小结。你是乡政府办公室文书，实际上也是我乡长的秘书嘛，我的小结就请你帮我代笔了。"说着，把一份文件递给我。我接过来一看，原来是县委组织部关于做好乡科级干部年终考核工作的通知。通知中明确要求从德、能、勤、绩、廉等方面进行实事求是的小结，特别要在看到成绩的同时，也要找准、抓住存在的突出问题。

其实，我调到乡政府办公室做文书才一个星期，帮李乡长写个人小结确实有点困难，但是文书的一项重要职责就是帮领导代笔，我怎能说半个"不"字？再说，我能从一个普通的公务员升为文书凭的就是能写。我坚信，没有我写不出来的文章。

从李乡长那儿领回任务，我便全身心投入到完成这一重大使命中来。我首先找出去年李乡长的个人小结，细细看过之后觉得成绩部分写得还是非常全面的，我只要把去年流行的“官话”换成今年流行的“官话”，把去年的说明李乡长工作实绩的数据换成今年的，成绩部分就会很轻松地写完。可是，对于问题部分写起来却让我犯难了。也许是去年上级没作明确要求，李乡长去年的小结中基本上没有写存在的问题，更不要说存在的突出问题了。这怎么办呢？不写是不行的，不写好也是不行的。可是，怎样才能写好呢？找李乡长去，请他谈谈自己身上存在的突出问题，显然不合适，因为李乡长也是凡人一个，他怎么可能当着自己下属的面剖开身上的疮疤？找和李乡长熟悉的人开几个座谈会，请大家谈谈李乡长身上存在的突出问题，这更不合适，因为如果弄得不好，别人还以为我是县纪委派来整理李乡长材料的呢，传到李乡长耳朵里他能理解还好，要是不能理解岂不是糟透了。怎么办？到底怎么办？我盯着面前的电脑苦思冥想。突然，一个金点子出现了。我想，我为何不上网查找一下别人小结中的存在问题是如何写的？这么想着，我立即上了网。果然，现代网络真的帮了我的大忙。我按照别人的写法写出了李乡长存在的突出问题。并且，我自己认为写得太好了，太妙了，李乡长一定会非常满意。

我把帮李乡长写好的个人小结交到了他的手里。李乡长扫了一眼，说：“麻烦你了，先放在这儿吧。”我连连说：“不麻烦，不麻烦，您先看看，需要修改的话您叫我一声。”李乡长点点头，我一身轻松地走了出去。一路上，我忍不住还吼了一声什么歌曲，我第一次觉得我的歌唱得如此好听。

然而，几天过去了，李乡长再也没有找我去修改他的个人小结。眼看县委组织部的考核组就要来了，可是李乡长还是没有找我去修改，倒是我们乡政府办公室的吴主任通知我做好准备，下

星期三就到县委党校参加为期半年的学习。他还告诉我，是李乡长亲自点名让我去的。

我知道，按照惯例，到党校学习的一般都是被组织上列为培养的对象，学习之后马上就会得到提拔重用。我的心里当然乐滋滋的。我想，怪不到李乡长不要我再来修改我给他写成的个人小结，肯定是他非常满意，要不怎么会亲自点名让我去县委党校学习呢？我高兴极了，欢欢喜喜地回家做准备。

说来真是凑巧。我刚回到家，我在县委党校做教务处主任的二舅正好来看我生病的母亲。一听说我将要到县委党校学习，便皱起了眉头。他问道："是谁让你去的？"我说："是李乡长亲自点名要我去的。"二舅沉思了一会，对我说道："由此看来，他对你不满意呀。我们党校这一期办的是机构改革中不能适应工作需要，准备进行分流的人员培训班。"我一听，急了，我说："我觉得我很胜任我的工作呀，他对我哪些方面不满意呢？难道……难道……难道他对我为他写的个人小结不满意？""你是怎样写的呢？"二舅问我。我想了一想，说："成绩部分肯定没问题，要出问题肯定出在那个存在的突出问题部分。我给他写了三条：一是不能遵守作息时间，经常下班了还在办公室处理事情；二是不能和同志们打成一片，经常有女同志晚上到宿舍汇报工作，总是让她们回去，说是有话到办公室说去；三是工作作风粗暴，发现有人搞不正之风，就不分场合，不分对象，不分别人承受能力地进行严肃批评……"

"别说了，别说了。"二舅打断我的话，没好气地说，"你的问题就出在这里，我弄不懂，你也三十多岁了，怎么还这样不成熟？"

"可是……可是……"我很是委屈地说，"可是我以为他能理解这些话的意思的。”

“我和你们李乡长是中学同学,后来还一起工作过一段时间,对他再了解不过了。”二舅叹一口气,说,“他这人最大的特点就是没有幽默感。你虽然是正话反说,可是他哪懂得了这些?”

“唉!”我不由自主地长叹一声,不知是为李乡长没有幽默感,还是为我自己太聪明。

神经病

整个晚上,马县长一直陪着前来检查工作的上级领导。等该陪的不该陪的都陪好了,已是夜里十一点多。

小汽车载着疲惫不堪的马县长往家赶。穿过县政府办公区,马县长惺忪的双眼突然一亮,他看到第二会议室里灯火通明,并隐隐约约地听到一个人做报告的声音:“同志们,我们今天召开的这个会议非常必要,非常及时,也非常有意义。这个,嗯,我们都是人民的公仆,为人民谋福利,代表最广大人民群众的根本利益,是我们神圣的天职。嗯……”

“这么晚了,谁还在开什么会作什么报告?”马县长示意司机小吴停车。他定定神,侧耳细听,但声音很陌生,怎么也听不出是谁。不过,报告的内容他听出来了——做报告的人念的是昨天下午他在县政府组成人员会议上的讲话稿。

马县长诧异了。他叫小吴前去看看。

不一会,小吴回来了。他告诉马县长,会议室内空无一人,只有秘书科的老王端坐在主席台上对着话筒装模作样地做报告。

马县长更诧异了。秘书科的老王是办公室的一支笔杆子，一直负责为马县长写讲话稿，工作勤勤恳恳，任劳任怨，可是为什么会这样呢？马县长自己不好出面，还是让小吴再去探个究竟。

这时候，第二会议室的灯全部熄掉了，喇叭也不再响了。小吴干脆到秘书科找老王。

不过，小吴什么都没问到。他告诉马县长，老王一脸的尴尬，只是埋头喝茶，一句话都不说。

马县长不再感到疲倦了。他在心里说，我今天非把这个问题弄清楚不可，否则回去也睡不着觉。他拿起手机，拨通了县政府办公室杨主任的电话。

很快地，杨主任便一路小跑地赶来了。马县长如此这般地一说，杨主任点着头，又一路小跑地直奔秘书科找老王去了。

大约过了二十分钟，杨主任便又来到了马县长的汽车旁。

"到底是怎么回事？"马县长急切地问道。

"其实，其实也没什么。"杨主任说，"老王他……"

"快点，他到底说什么？"马县长等不及了。

"他说……他说他当了一辈子的秘书，为领导写了一辈子的讲话稿，可是从来没有在主席台上，在话筒前作过报告。明天他就要退休回家了，以后再也没有机会了，趁着夜深人静，他就想……想过一过瘾，了一了心愿……"杨主任告诉道。

"神经病！"马县长鼻子里哼了一声，手朝司机小吴轻轻一挥，汽车便载着他疾驰而去。

谁给我家送礼了

上午晨练结束回到家里，王阿姨一眼就看见客厅的桌子上放着两瓶五粮液、一条中华。谁给我家送礼了？她禁不住地想。对，给老头子打个电话问问就知道。因为除了老头子，谁也没有家中的大门钥匙了。可是，老头子的手机却在家中的床头柜上响了起来。

看着五粮液、红中华，王阿姨显得非常兴奋，这在过去从来没有过。王阿姨称之为"老头子"的丈夫黄俊，曾是一个握有实权的局长。那个时候，每当逢年过节，前来送礼的人很多。面对那么多的贵重礼品，王阿姨一点也不兴奋，因为她都习惯了。然而，今年中秋节过后，黄局长到线退下来了。他们想，今年春节再也不会有人前来送礼了。果然正如他们所预料的那样，眼看春节就要到了，往年必来的那些人一个都没有再登门。她和老黄从不解，到愤怒，渐渐也就想开了。可是，今天却有人送来了五粮液和中华烟，王阿姨能不兴奋吗？她要弄清楚是谁送来的，还要向人家表达一下谢意呢。

这礼到底是谁送来的呢？王阿姨一边喝水一边想。说不定是现任局长李全送来的。李全原本是一个办事员，是黄俊从科长、再到副局长一手培养起来的，临退前又力荐他接自己的班。这么多年来，他从来没有哪一年春节不给黄局长送礼。从他那副憨厚相上，王阿姨就觉得他不是一个忘恩负义的人。

李全上任后，用的就是黄俊的办公室，使的还是黄俊用过的那部电话，对那号码，王阿姨记得很清楚。她拿起电话，给李全打了过去。真巧，李全就在办公室。李全也听出了王阿姨的声音。没等王阿姨问什么，他已不好意思地说开了："临近年关，真的很忙，我正在想该抽个空闲去看看老局长和王阿姨您呢。"原来李全并没有到我家来过呀。王阿姨心中说着，连连打着"哈哈"，十分尴尬地放下电话。

不是李全那是谁呢？王阿姨觉得张副局长、朱副局长都有可能，而可能性最大的是黄俊原来的驾驶员小马。小马本来只是一个临时工，是黄俊帮他转了正，调进局机关。那时小马的妻子小杨没有工作，又是黄俊利用方方面面的关系，把她安排进局下属单位做会计。就为这事，黄俊曾受到县里领导的严肃批评。小马夫妇对黄俊老两口也是感恩戴德，春节前夕不但总要送上一笔厚礼，有几年还把他们请到家里吃年夜饭呢。王阿姨想，这礼肯定是小马夫妇送过来的。

王阿姨按捺不住心头的激动，想找小马核实一下。可是，总不能直截了当问人家有没有给自己送礼吧。对，就说请小马过来帮家里把卫生搞一下，以前这事也都是他做的。王阿姨拨通了小马的电话。出人意料的是，小马竟然连王阿姨的声音都听不出来了，愣了好半天才说："不好意思了，王阿姨，到年底了，单位里的事，家里的事，让我们忙得不可开交。您那儿看样子我们是没法去了。"说完，便将电话挂断了。

王阿姨手握话筒，傻了。她没想到小马竟然是这样的人，她在心中骂自己和老头子认错了人。

这时，电话却突然响了起来，让她着实吓了一跳。拿起话筒，传来的是女儿的声音。女儿也在这座小县城工作，不过平时回来得并不多。没容王阿姨开口，她便风风火火地开了腔："我说妈呀，您先帮我把过年的东西准备好，我过两天就回来拿。"结婚以来，女儿一家过年的东西都是从王阿姨这里拿，反正人家送来的礼品他们老两口也用不完，拿出去卖吧让人家看到了也不好。女儿没想到今年的情况不同了，她的话正刺中了妈妈的痛处。王阿姨没好气地说："你就知道回家拿这样拿那样。你爸爸退下来了，谁还会给他送礼啊。到今天，家里才收到一份小礼品，我还不知道那是谁送来的呢。""人……人怎么都这样势利啊。"女儿差点哭出声来。"可是也有不一样的。"想到还有一个人上门送礼，王阿姨心中多少感到一丝安慰。她说："人敬我一尺，我敬人一丈。等你爸爸回来我就知道那份礼品是谁送来的了。我要把人家请到家里过年，还要给人家一份厚礼，让那些势利的小人看看……"

这时，房门被打开了，虽然满头白发但精神很不错的黄俊走了进来。"这……这是谁送的?"王阿姨指着桌上的五粮液、红中华问道。"谁送的?"黄俊笑道，"我不当局长了，哪还有人送?""我不信。"王阿姨摇摇头。"你怎么不相信呢?告诉你吧，这是我自己买回来的。"黄俊告诉道，今天早晨他想到局里找几本杂志回来看看，路上遇到了他中学时的班主任李老师。李老师已经年近七旬了。那时李老师对黄俊非常关心，每年的学费都是他用自己的工资给黄俊垫上，可是这么多年来，黄俊从来没有去看过他。黄俊越想越惭愧，就拐进路边的商场买回两瓶五粮液、一条中华烟，准备和老婆一起到李老师的门上拜个年。刚把东西买回家，附近的陈大爷打来电话让他去杀几盘象棋。他匆匆出门，还把手机忘在了家里……

"我……我还以为是人家送来的礼品呢。"王阿姨不好意思

地说。

“你就没想过也有可能是我自己买回家的?”黄俊追问道。

“没想过,真的没想过。”王阿姨老老实实但不无委屈地说,“你别怪我,自从你当上局长以后,我们家里什么时候买过这些东西?我怎么可能想到你会去买好酒好烟?”

“这都是当官闹的。”黄俊长长地叹了一口气。

紧急事件

早晨一上班,县机械厂的王厂长就发现厂门前不远处的大路上有一摊牛粪,不但很不雅观,而且臭味扑鼻。这还了得,今天上午,一个前来考察的外商代表团将经过这里,一旦他们看到这摊牛粪,肯定会留下不好的印象,回去一宣传,谁还敢到我们县来投资?王厂长当干部有好多年了,思想觉悟很高,他觉得他应该向上级报告一下,使这摊牛粪尽快得到处理。这样想着,他便掏出手机,拨响了县政府办公室唐主任的电话。

唐主任接到电话,顿时觉得问题严重,眼下正是吸引外商投资的关键阶段,绝不能让一摊牛粪坏了县里的投资环境。虽然有必要对广大干部群众再进行一次“人人都要保护投资环境”的教育,但眼下最紧要的则是赶快将那摊牛粪处理掉。他立即拨响了市容局李局长的电话。然而,电话无人接听。显然,李局长不在办公室里。事不宜迟,必须急事急办。唐主任果断地拨响李局长的手机。

高科技的东西就是不一样，正在海南出差的李局长很快便收到了唐主任的电话，他说请唐主任放心，他马上通知环卫所立即派人前去处理，力争在外商经过那条路之前清理掉那摊牛粪。当然，如果领导追查起来，还请唐主任美言几句。事情总算得到落实了，唐主任这才感到轻松一点。他悠然地点燃一支烟，狠狠地吸了一口。

这时，办公桌上的电话“丁零丁零”地响起来，急促得很。唐主任赶忙拿起听筒。原来，电话是市容局的李局长打来的。他说，他刚才与县环卫所通过电话了，不过，环卫所的吴所长说，机械厂处在城乡接合部，机械厂门前大路上的那摊牛粪不属市容部门负责，应当由交通局负责。李局长同时反映，交通局工作一向松散低效，出现大路上有牛粪而影响全县形象的事不是偶然的，应当向县领导反映反映，好好整顿整顿。唐主任实在是没有时间听，便挂断了电话，重新拨响了交通局陈局长的手机。

陈局长对这件事非常重视，他表示，将在最短的时间内完成唐主任交给的任务，他请唐主任等着验收就是了。

放下电话，陈局长便召集在家的赵、钱、孙、李四位副局长商议怎样去把这摊牛粪处理掉。大家一致认为，这件事应当由交通局下属的路政大队处理，具体由分管路政的孙副局长负责。孙副局长是一个年轻的老干部，他一点也不推诿，当即给路政大队的高队长打去电话。高队长对去完成这项任务没什么好说的，只是觉得没有环卫专用车辆，去处理那摊牛粪很不方便，能不能请局领导出面与环卫所打个招呼，请他们派辆环卫车配合一下。

孙副局长表示同意，他说他与环卫所的吴所长很熟悉，就由他来协调好了。孙副局长给吴所长打去电话。吴所长说看在老朋友的面子上他可以派车，不过得公事公办，出车费得付。孙副

局长问要多少，吴所长说，谁叫我们是朋友呢，就给 1000 元吧。孙副局长爽快地说：“行，你们快派车吧。”

不一会儿，一辆交管车，一辆环卫车，一前一后地向处于城乡接合部的机械厂疾驰而去。然而奇了，机械厂门前的大路上除了一辆辆奔驰的汽车外，干干净净的，根本没有什么牛粪。这到底是怎么回事？他们找来最先发现牛粪的机械厂王厂长。王厂长也觉得奇怪，他说，那摊牛粪我可是亲眼看到的呀，怎么就没了呢？他和路政大队、环卫所的那帮人一起莫名其妙地站在路上认真地寻找着。

这时，从路边的地头走来一个老农，他好奇地打量着他们，问道：“你们在找什么呀？”王厂长他们没有回答老农的问题，只是反问道：“你看到路上那摊牛粪了吗？”老农点点头说：“看到了。不过，它被我弄到田里肥田去了。”王厂长他们一个个目瞪口呆。老农不知道发生了什么事，一时十分紧张，结结巴巴地问：“难道，难道不行吗？”

王厂长他们看着老农，一时无语。

混　饭

刚从乡下调到县城工作的时候，我碰到最大的困难就是吃饭问题。到招待所吃吧，工资微薄，肯定吃不消；自己烧吧，费心劳神，也不是个办法。

一天中午下班，同事小宋拉住了我：“走，咱们混饭去。”

小宋大学毕业分配到县城工作已有三个年头了，对县城这一块熟悉得很，初来乍到，我当然都得听他的。所以，小宋叫混饭去，我虽然心里也犯嘀咕，但还是随他去了。

我跟着小宋，来到县政府第一招待所，只见不少夹着各式公文包的人正往饭厅里走去。小宋附在我耳边说："县政府召开的会议散了，他们吃饭，我们也去。"

原来是到会议上混饭吃，我可不敢。小宋不以为然地说："怕什么，人家又不认识你。再说，即使认识也没什么，说不定还以为我们也是参加会议的。"说着，拉着我在一张桌子边坐下来。

还好，一切顺利。吃完饭，我恨不得立即离开饭厅，可小宋却慢条斯理地剔着牙齿，不无得意地对我说："告诉你吧，到会议上混饭我可不是一天两天了。"

这以后，我经常跟着小宋到县政府召开的会议上混饭吃，我们称之为"吃公家饭"。每次来混饭时，我都看到一个高个子男人不是在饭厅外边东张西望，就是在饭厅里面指手画脚。小宋悄悄地告诉我，那是县政府办公室会务科的马科长，吃饭的事就是他负责。也许是天生胆小怕事，后来混饭时，我总是有意无意地避开马科长的目光，十分担心被他看出什么破绽来。谢天谢地，他竟然什么都没有发现，让我们平平安安地混着饭。

一段时间之后，我们来混饭时却看不到马科长了。小宋打听来的消息是，马科长升为县政府办公室副主任了，安排吃饭的事他不再亲自管了。这样更好，我们来会议上混饭便什么负担也没有了。

几年以后，我在县城安了家，并已成为一个单位的头头。这时的我，再也不需要到会议上混饭吃了，社会上的应酬，就很伤我的脑筋。

一次，在一个朋友的餐桌上我和马科长，不，应该是马主任不期而遇了。几杯五粮液下肚，大家都开始激动起来。

我说："马主任，今天我得告诉你一个秘密。"

"说吧！"他悠然地吸着香烟，眯着眼睛看着我。

"刚来县城的那一阵子，我经常在县政府召开的会议上混饭吃。"我老实地说道。

"这算什么秘密，其实当时我就看出来了。"他完全是一副不屑一顾的样子，"我记得和你在一起的还有一个叫小宋的。"

这是我始料不及的。我站起身，端起酒杯，真诚地说道："这么说，我得感谢你，是你放了我一码。"

"哪里哪里。"他端起酒杯，使劲地碰了碰，"其实，我也得感谢你们。不是你们，我哪会升得这么快。"

我懵了。

他把杯中的酒一饮而尽。"那时我负责县政府的会务，当然，主要是安排吃饭。每次开会，我最担心的就是吃饭的人到不全。你想想看，参加会议的人本来就缺，就是来开会的也有不少人嫌饭菜不好吃而到外面酒店吃。这倒也罢，偏偏那时招待所里住着一位老红军，他说浪费粮食是最大的犯罪，经常到饭厅里检查，发现位置空着就发火，谁也奈何不得。幸亏像你们这样的一帮弟兄帮我撑了场子，每次都使老红军很满意。老红军一满意，就到县长那里表扬我，表扬的次数多了，我也就升上去了。"

听了马主任的一番话，我顿时恍然大悟。情不自禁中，我和马主任的酒杯再次碰到了一起。

贪官李建国

这天临下班时，镇长李建国的手机响了。

手机是李建国的儿子打来的。儿子告诉他，今天下午他们单位组织中层以上干部到县检察院警示教育室接受反腐倡廉教育，他看到题为“警钟长鸣”的展板上，全是职务犯罪的典型案例，其中一块斗大的黑体字写着“贪官李建国”。

李建国蒙了，他问这是怎么回事。

儿子告诉道，邻镇不是有一个也叫李建国的副镇长吗，去年因为受贿犯罪被判了刑，现在被作为典型案例展览了。

同名同姓，这有什么值得大惊小怪的？李建国觉得有点好笑。

可是，人家容易往你身上想，这毕竟不好吧。儿子说，不但对你不好，对我们也不好。

李建国觉得儿子说的虽然有点好笑，但也不能不算有点道理。

也真是的，典型案例那么多，为什么非要弄个李建国的呢？他知道这事一般是由县检察院宣传教育科负责的，好在他与宣教科的陈科长是同学，不由拨通电话问一问。

陈科长被李建国问得有点不好意思了。他说，这些典型案例确实是由他负责选出来的，但科级以上干部都是由吴检察长亲自敲定的。

能不能把李建国的撤下来呢?和我同名同姓总有点让人尴尬吧。李建国想请老同学帮个忙。

这没什么不可以的,但得吴检察长同意。陈科长说得很到位。

那你能不能帮我说说?李建国说。

还是你自己说吧,你们当镇长的没有一个和吴检察长不熟。陈科长说着,不忘给李建国打气,说是吴检察长一向注意与地方领导处好关系,是一定会给他面子的。

听陈科长这么一说,李建国便当即给吴检察长打去了手机。

吴检察长确实和李建国很熟,他连连为自己的疏忽而对李建国说对不起。不过他说,当初定这些典型案例,是和县纪委钱书记通过气的,现在要撤下来,似乎也必须再和钱书记通个气。

按照官场上的规则,李建国觉得吴检察长说的一点没错。不过,让他自己去找纪委钱书记,请求将"贪官李建国"撤下来,他觉得多少有点不妥。他索性请吴检察长帮忙,说是吴检察长找钱书记是公事公办,而由他找,则变成私事了。

吴检察长还算爽气,考虑片刻后便答应了。李建国的心中不由一阵轻松。

吴检察长还就真是爽气。不一会,纪委钱书记的电话便给李建国打来了。

钱书记说,吴检察长刚和他通过电话,意思基本明了,只是想再问一问李建国,是不是"贪官李建国"的展板非撤不可?理由到底是什么?

李建国当然有李建国的理由了。他说,虽然此李建国非彼李建国,但人们总是会联想,仅是从维护基层同志的威信出发,也有必要撤下来。

钱书记笑了。他说，好吧，撤就撤吧，这很容易。

果真，没过几天，“贪官李建国”的展板便撤下来了。

不过，撤下展板后没过几天，镇长李建国却被“双规”了。

有人说，县检察院反贪局和县纪委早就盯上李建国了。

还有人说，是李建国自己把自己举报的。

到底如何，谁也说不清。唯一说得清的是，没过多久，县检察院警示教育室“警钟长鸣”职务犯罪典型案例展板上，“贪官李建国”又赫然在列，只是现在的李建国不是以前的那个李建国了。

当然，前来参观接受教育的人无不感慨。

就是听不见

这天一上班，办公室杨主任猛地推开鲁总经理办公室的门，急切地告诉道：“老职工吕明要求见您一面，我已经挡他三次了，可他还没个完。我看……您要不见见他，他明天准保会守在大门口挡您的道。”

鲁总经理想了想，说：“那就叫他进来吧。”

杨主任出去了，鲁总经理开始在自己的办公室里绕圈子，像京剧演员过场子似的，然后突然高声唱起来：“今日痛饮庆功酒，壮志未酬誓不休……”正在这时，门“吱呀”一声，那个叫吕明的走了进来。

“总经理，我找您还是要求上岗的事。我老婆和儿子都是咱们公司的职工，现在全都下岗在家。据说上级有规定，说是一家

几口不能同时下岗。您看能不能请公司照顾一下，让我们上岗，哪怕安排一个上岗也好啊。”

这时，鲁总经理把耳朵凑近吕明嘴边：“你说什么？我听不清楚。”

吕明又大声对着鲁总经理的耳边说了一遍。

“你再把声音放大点。”鲁总经理又说。

接下来，吕明的喊声几乎使整栋大楼都听见了，可鲁总经理还说没有听见。

吕明的声音在整个大楼里回荡。人们想，吕明过去也常来找鲁总经理，可每次都是大气不敢出一口，难道今天吃了豹子胆？像这样下去是会出事的。大家赶忙放下手上的工作，纷纷向鲁总经理的办公室涌去。

“吕明在说什么呀？”见进来了这么多人，鲁总经理焦急地问道。

真是，弄到现在鲁总经理还不知道吕明找他有什么事呢，光是嗓门大有什么用？在大家的指责声中吕明的脸涨得通红，话也越发说不连贯了，只是反反复复地唠叨“我找他要求上岗，可他说他听不见，就是听不见……”

这怎么可能呢，我们和鲁总经理相处也不是一天两天，什么时候听说过他耳朵不好？营销科李科长白了吕明一眼，对鲁总经理说道：“吕明要您照顾他一家人上岗。”

“你说什么呀，我怎么一点也听不见？”鲁总经理把耳朵一直凑到李科长的嘴边，大着嗓门问道，好像别人也听不到他说话似的。

大家你看看我，我看看你，一时间不知说什么好了。只有吕明满腹委屈地说：“你们看到了吧，我没有骗你们，他就是听不见嘛。”

李科长找来一张纸，在上面写上“您到底怎么啦？”几个字，送到鲁总经理的面前。

鲁总经理叹了一口气，告诉道：“我的耳朵不舒服已有好长时间，可是今天突然一点也听不到了。”

“您为什么不到医院去治疗呢？”李科长继续写道……

鲁总经理动情地说：“我到医院去过，医生要我赶快治疗，说是弄得不好会诱发阵发性耳聋……我也很想治疗，可是我们公司现在效益还不好，哪拿得出钱来让我去住院？即使公司有钱，也得先解决职工们的医疗费啊。”

鲁总经理的话说得大家心里酸酸的，大家在纸片上写道：“鲁总经理，您一定要去治疗……”“鲁总经理，您耳朵不行怎么能带领我们把企业办下去……”

看着大家不停地写着，吕明也找来了一张纸片，在上面写道：“鲁总经理，请您安排我们一家上岗吧，哪怕安排一个也行，否则，这日子就没法过了……”正在他准备把纸片往鲁总经理面前送去的时候，一个声音把他喝住了。他抬头一看，原来是办公室主任。他不知道办公室主任是什么时候进来的。

办公室主任严肃地说：“吕明你真不是个东西，鲁总经理自己的耳病都舍不得看，你却要他安排你们上岗，于心何忍？”

“我……我……”吕明吓得什么话也说不出来了，在大家的责怪声中耷拉着脑袋，狼狈地向外走去。

吕明走了，大家朝鲁总经理点点头，也都回到自己的办公室去了。此时，鲁总经理的办公室里只有他和办公室主任。

办公室主任不放心地说：“您对付吕明的办法好是好，可时间长了怎么收得了场？”

鲁总经理哈哈笑道："我说我得的是阵发性耳聋，就是会一下子什么也听不见，过一阵子又会什么都听得见，进退自如嘛。"他把办公室门关上，神秘地说："告诉你一个秘密，上面正在考虑提拔我，过不了几天，我就会调走了，到一个更加重要的岗位上去了，只要稳住眼前的局势就行。你好好配合我，我绝对不会亏待你。"说到这里，鲁总经理又禁不住脱口唱起那句"今日痛饮庆功酒，壮志未酬誓不休……"

果然没过几天，上级通知鲁总经理前去进行任职谈话。谈话一结束，办公室主任的祝贺电话也到了，哪知鲁总经理没好气地说："有什么好祝贺的？上面让我改任另一家公司的工会主任。"

"为……为什么会这样……"办公室主任弄不明白。

"上面说我身体不好，患有阵发性耳聋，不合适在重要岗位上工作……"

老模范的疑问

昨天下午，张县长下乡与农民兄弟同吃、同住、同劳动，选定的农户就是当年闻名全县的拥军模范顾大爷。

早饭过后，张县长一行就要离开了，随同采访的县电视台新闻部李记者抓紧时间，对顾大爷进行现场采访。哪知年过古稀的顾大爷面对话筒竟然一点也不怯场，反而十分健谈。下面便是采访实录（录自素材带，未作任何删改）。

李记者：顾大爷，这次张县长到您家来，您高兴吗？

顾大爷:高兴,怎么不高兴?县长在过去可是朝廷命官啊,不谈住到我们平头百姓家里了,就是见上一面也不容易。现在可不同了,就拿张县长来说吧,以前我天天在电视上看到他,这不,昨天下午他一下小轿车我就认出了他。

李记者:干部到基层与群众同吃同住同劳动,也就是常说的“三同”,群众欢迎不欢迎啊?

顾大爷:欢迎啊,你没有看到昨天张县长的车子一到,那么多的群众围上来。可惜张县长板凳还没有坐得热,马上就又要走了。

李记者:我想,只要你们不嫌麻烦,张县长以后还会来的。

顾大爷:怎么会嫌麻烦呢?再说,张县长确实没有麻烦我们。本来嘛,我想为张县长做顿饭吃,露一露我的手艺,可镇上不但配好了菜,还派来了老师傅,据说还是什么二级厨师,我当他的下手都不要,真是让我闲得慌。夜里张县长睡在我家东房间,镇长一夜也没有回去,就在我家西房间待着,怕有什么事情好亲自料理。今天早上我本想陪张县长到地里转转,可他说县里有事,马上就要回去……

李记者:您是拥军模范,据说当年八路军经常到您家里来?

顾大爷:是啊,八路军和我们就是一家人,他们能不常来吗?

李记者:张县长这次到您家来了,您不觉得老八路又回来了吗?

顾大爷:说老实话,我觉得是,可又觉得不是。

李记者:为什么?难道张县长和当年的老八路不一样吗?

顾大爷:有的地方一样,有的地方不一样。

李记者:这话怎么说?

顾大爷:他们都是共产党的干部,这是一样的地方。不一样

的是，当年八路军来的时候都带着枪，而张县长带来的是……是你肩膀上扛的这东西。

李记者：这是摄像机，拍电视用的。

顾大爷：这我就不懂了。当年八路军来的时候带着枪，是为了打鬼子，保卫我们老百姓。而张县长来的时候却带着……摄像的机子，不知道是为了干什么？

……

其实，老模范的这一疑问李记者是能够回答的，但是他不想回答。他知道，采访老模范的这一段是不能编到节目里去的。真是空忙活了一阵子！唉，如果老模范对着镜头，激动地说“老八路又回来了”，那该多好啊！

书记不配女秘书

经市委常委会研究决定，并报经省委批准，张龙生由石峪县县长调任石门县委书记。任职谈话回来，张书记的几个铁杆弟兄已在等着他，说是要好好庆贺一下。考虑到影响不能太大，大家把张书记迎到一家虽然位置偏僻，但档次不低的火锅城。心情好，加上麻辣火锅的口味实在不错，张书记吃得很尽兴，也很开心。哪知这一吃却吃出问题来了，他那多年不犯的痔疮竟然复发了。无奈，张龙生书记没能如期到石门县上任，却住进了石峪县县医院。虽然还没到任，但毕竟是石门县委的主要领导了，一时间，石门县的各级领导纷纷前来看望他们的张书记。好在张书记住的是带会客室的高档病房，要不然还就招架不过来。

这天晚上，张书记的妻子小娜代表张书记刚刚送走石门县的吴副县长，一抬头，便看到一个胖乎乎的脑袋。她认出来了，这是石门县委办公室的黄主任。黄主任已经来过不下五趟了，他和张太太已经熟悉了，他们一路寒暄地来到张书记的病房。

张书记示意黄主任坐下。黄主任简要汇报了一下县里的情况，并就几项具体工作向张书记作了请示。时间不早了，黄主任见张书记好像有点累了，便不好继续打扰，决定马上回去。临行前，他从公文包里拿出一张纸头，说这是县委办公室对张书记工作人员的初步安排，请领导过目。张书记点点头，收下了。

黄主任一走，小娜便叫张书记把黄主任留下来的那张纸头给她瞧瞧。张书记说这有什么好瞧的，可小娜就是要瞧，他也没有办法，只好递了过去。小娜一看，笑了，笑得张书记莫名其妙，不禁问道："这有什么好笑的？"小娜一边笑，一边说："这个黄主任挺会讨领导欢心呀，你刚上任，他就给你配好了女秘书。"其实，那张纸头张书记刚才还没来得及细看，一听这话，赶紧要小娜递给他看一看。一看，果然发现黄主任除了给他配了个名叫朱浩的司机外，还配了个名叫马丽英的秘书。不过，张书记没有笑。他一本正经地对小娜说道："这有什么好笑的，工作需要嘛。"然而，小娜并不买他的账。她收住笑，阴沉着脸说："这个我不管，反正给你配女秘书就是不行。"

张书记不再说话了，因为他知道为什么小娜反对给他配女秘书。原来，小娜就是张书记在石峪县当副县长时的秘书。那时，张书记已经结婚生子，但小娜还是爱上了他。当然，他也没有经得住小娜的诱惑，心甘情愿地拜倒在她的石榴裙下。后来，小娜

得寸进尺，提出和他结婚。那还了得，他就是不同意，可小娜不依不饶。好在他的原配妻子顾全大局，同意把他让了出来，成全了这对老夫少妻。为这事，张书记曾经受到过党内处分，并在副县长的位置上一待就是五年。现在石门县委办公室竟然也给张书记配上了女秘书，小娜能不阻止吗？

夜里，小娜在张书记的怀里撒着娇，非要他答应不要女秘书。张书记感到有点为难，说："人家安排好了，我怎么好拒绝呢？"小娜美丽的大眼睛眨巴了几下，想起了一个好办法。她说："你就说上级有规定，书记不配女秘书。"张书记白了她一眼，没好气地说："上级还规定，县处级领导不配专职秘书呢。"哪知小娜一听，粉嘟嘟的两手一拍，叫道："不配好呀，不配就是好呀！"

第二天中午，张书记刚刚吃好午饭，黄主任恰到好处地出现了。他汇报完工作后，问张书记对县委办公室为他配的工作人员有没有什么意见。没等张书记开口，小娜抢着答道："张书记昨晚说过了，他不配专职秘书，不配专职秘书！"黄主任将诧异的目光投向张书记，想得到他的证实。张书记点上一支烟，慢条斯理地说："是啊，中央不是反复强调领导干部要带头改进作风吗？这个专职秘书嘛，我就不配了。那个叫马……马……丽英的秘书，可以让她到基层去锻炼锻炼。当然，让她到妇联也行，充实群团组织的力量嘛……"张书记既然这么说了，黄主任哪敢再说什么，只好连连点头，表示一定按照张书记的要求去办。

张书记痔疮一治好，便立即到石门县上任，转眼间已经两个多月了。这期间，他从不配专职秘书做起，着力改进工作作风的先进事迹，经过市报、省报的宣传也四处传开了。这天晚上，他正在办公室批阅文件，突然电话铃响了。他瞅一眼来电显示，发现是市委杨书记打来的,连忙拿起话筒。电话中,杨书记首先充分肯定了他到任以后的工作,并特别赞赏他不配专职秘书这一开全市、全省,乃至全国先河的做法。最后,杨书记关心地说:“老张啊,毕竟是五十多岁的人了,一个人在外地工作可得注意身体呀,是不是考虑把小娜调到石门县工作呢?有她在你身边也好有个照应啊。”

杨书记的一番话,提醒了张书记。虽然张书记调到了石门县工作,但他的妻子小娜仍然留在石峪县,夫妻俩难得相聚一次。小娜比张书记小十多岁,天生丽质,性感异常,让她一个人留在石峪县,他实在放心不下,以照顾自己为由,把她调到石门县来不失为一个好办法。再说,小娜肯定也会同意。上次回去时,小娜就曾抱怨说现在是“人一走,茶就凉”,张书记调走后,已经有不少人不把她放在眼里了。

张书记拿定主意,决定把妻子小娜调到自己的身边工作。但是,到底调到哪个单位呢,他还在考虑。说实在话,他觉得只有两个单位可以选择,一个是县幼儿园,一个是县妇联,原因很简单,那里没有一个男人,是女人的天下,漂亮多情的小娜不会闹出什么笑话出来。当然县妇联最合适,小娜原本就是石峪县妇联的一名干部。这么想着,每次从县妇联门前走过时,张书记就忍不住向那里多看几眼。

这一看却看出问题来了。每次张书记总会看到县妇联办公室里有一个年轻英俊的小伙子在那儿转悠。开始他以为那个小伙子是到妇联办事的,可每次都会看到,他就怀疑是不是有点异常了。一天县委办公室黄主任前来请示工作,张书记装出很随意的样子,开玩笑道:“石门县就是怪呀,县妇联本是个‘红色娘子军连’,可怎么还有个‘党代表’啊?”黄主任一听便明白了。他告诉张书记道:“县妇联本来都是清一色的女同志,今年根据您的指示,为了充实群众团体的力量,把我们办公室本来配给您的秘书小马调去了……”

“就是……就是那个叫马丽英的?”张书记似乎意识到什么,没等黄主任说完赶紧问道。

“是啊。”黄主任使劲地点点头。

“他是个男人,可为什么要取一个女人的名字呢?”张书记嘴里唠叨着,不知是在问黄主任还是在问他自己。

洗　澡

A局的桑田出差归来,颇感身心疲惫,晚饭顾不上吃,便匆匆地走进附近的金都浴城。

也许正是晚饭时间,浴池内浴客并不太多,倒是雾气腾腾,即使面对面,也很难辨清对方容颜。桑田浸在池水中间,浑身放松了许多。突然,他似乎听到有人叫了一声,正想循声看去,肩膀却被轻轻地拍了一下。他定睛一看,原来是一个身体微胖、笑容可掬的中年人弯腰站在身边,附着他的耳朵说道:“来,我给你搓一下澡。”

原来是搓澡的,桑田随口答道:“好啊!”便躺到旁边的一张椅子上。

那人搓得非常认真。他将桑田全身搓了个遍，连敏感部位都没有放过。几个回合下来，已是气喘吁吁，汗流浃背。桑田顿生感慨："搓澡工挣钱不容易啊。"

搓着搓着，那人的手在桑田的小腹处停住了。他说："您这里也有个疤，说不定也是做阑尾手术留下来的吧。"桑田正在闭目养神，便随口答道："是的。"那人一下子兴奋起来，说："您看，我这里也有个疤，当然也是做阑尾手术留下来的，咱们可是同病相怜了。"

洗完澡，桑田不由觉得肚子咕咕直叫。他想起原来晚饭还没有吃呢，便忙着穿衣结账。可是，结账的那位青年人却不收他的搓澡钱。他问是怎么回事。青年人说，今天不曾有搓背工为你搓澡，我怎能收你的搓澡钱呢。桑田说，你弄糊涂了，搓背工今天为我搓澡了。他指着在不远处穿衣服的那位身体微胖的中年人说："瞧，就是他为我搓的澡。"

话音刚落，青年人笑了。他说："你知道他是谁？他是 A 局刚刚从外地调来的杨局长，他怎么会为你搓澡？"

听到这话，桑田不由大吃一惊：早就听说要从外地调进一个局长，我出差不过才半个月，新局长就调来了。我刚才真是鬼使神差，怎么心安理得地让他为我搓澡呢？他掉过头来，三步并做两步地离开了金都浴城。

这一夜，桑田辗转反侧，彻夜难眠。他觉得杨局长高深莫测，他担心自己会给杨局长留下印象，他对契诃夫笔下的那个死掉的小公务员有了更深切的理解。

第二天上午，桑田来到办公室后就一直没有出门，他害怕遇到杨局长，也害怕被杨局长认出。临下班前，局党委张书记突然

领着一个中年人走来了，桑田一看，正是杨局长，不过，脸上少了那副可亲的笑容，却多了副镜片很厚的眼镜。张书记介绍道："小桑，这是咱们局刚刚调来的杨局长，以后要在杨局长的领导下好好工作。"

杨局长握着桑田的手，亲切地说："你是我调来之后，最后一个见到的同志。听说你出差了？""是的是的。"桑田连连点头，额上的汗珠不住地往下流。

杨局长见此情景，关切地问道："怎么啦，身体不舒服？""肚子……肚子有点疼。"桑田随口说道。"总不会得阑尾炎吧。其实，即使得了阑尾炎也没有关系，做个手术就行了。我就得过阑尾炎，分管我们这一块的吴县长也得过阑尾炎。昨天晚上我陪他在金都浴城洗澡时，就看到了他腹部那块足有三寸长的疤痕。"杨局长把眼镜往鼻梁上推了推，继续说道，"吴县长和我是哥们，关系铁得很。昨天晚上洗澡时，他还为我搓澡来着……"

谢天谢地，原来昨天洗澡时杨局长把我认作吴县长了。桑田顿时轻松起来，额上的汗也逐渐少了。

署　名

小王大学毕业，找了好多关系才在乡政府办公室谋了个文书的职位。

办公室主任老李对小王很关心。他对小王说："你初来乍到，必须给大伙留个好印象。比方说，人家休息的时候，你不能休息。人家玩耍的时候，你不能玩耍。也就是说，没事做的时候要找事做，一刻也不能闲着。”

“应该做的事我都做了，我还要做什么呢？”小王天真地问。

“要做的事多着呢。比方说，你可以写些新闻稿件，向上级反映反映我乡的成绩。”老李呷一口茶，指点道。

“咱们乡里哪有什么新闻可写？”小王嘟哝了一句。

“你可不能这么说。”老李把茶杯轻轻地放在办公桌上，“新闻多着呢，就看你能不能发现。比方说，我乡最近的灭鼠行动，成绩就蛮大的嘛。”

老李的话使小王大受启发。他迅即铺开纸，提起笔写了起来：西塘乡灭鼠成绩大……

小王搜肠刮肚，写了半个钟头，也不过才写了一百三十来个字。他想起老师说过，新闻稿不在长，而在于新闻本身的价值，也就作罢，便署上自己的姓名，恭恭敬敬地请李主任过目。李主任戴上老花镜，仔仔细细地读了好几篇，连声说好。不过，他认为还是有值得完善的地方的。他慢条斯理地说：“比方说，可以统计一下到底灭了多少只老鼠，这样才会令人信服；再比方说，最好署上提供新闻线索的人的姓名，以表示对人家的尊重。”小王是个明白人，他赶快掏出笔，在自己姓名的前面署上李主任的姓名。李主任笑着说：“我想起来了，这则新闻是我提供的线索，怪不好意思的。”他拍拍小王的肩膀，要小王赶快到乡灭鼠办公室赵主任那儿了解灭鼠的准确数据。

赵主任是个热心人。他翻开报表，按起计算器，不一会儿，数据便出来了——合计消灭了三万四千五百六十五只老鼠。小王

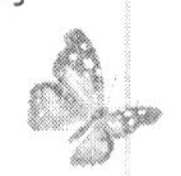

赶快掏出笔,在稿件中添上。

赵主任放下报表,笑着对小王说道:"王文书,稿件发出时可别忘了帮我带个名字。当然,稿费我是不要的,我只要有个名字就行。""这好说,这好说。"小王只好当着赵主任的面在李主任的姓名前面署上赵主任的姓名。

小王将新闻稿又认真地誊写了一遍,正准备装进信封时,李主任像是突然想起了什么,连忙说道:"现在还不能寄到报社去,得请吴乡长审阅一下,这可不是闹着玩的。"

小王觉得李主任说得有道理,便忐忑不安地来到乡长办公室找吴乡长。吴乡长正好在办公室,他把小王递过来的稿件用眼角扫了一下,便挥挥手说:"行,你去吧。"

吴乡长虽然没有提什么意见,但毕竟审阅过,说明这篇稿件也就有了他的分。于是,小王便自作主张地在赵主任的姓名前面署上了吴乡长的姓名。

没过几天,县报便在"新闻集锦"栏目内登出了《西塘乡灭鼠成绩大》的新闻稿,但是叫人始料不及的是,稿件见报时只署了吴乡长一个人的姓名,赵主任、李主任和小王的姓名都不见了。

稿件发表了,小王的心却不安起来。果然,李主任和赵主任找上门来了。他们冷笑着说:"小王啊,你捣的什么鬼,小小年纪竟然耍起我们来了。"

小王感到非常冤枉,他拨通了县报编辑部的电话。值班编辑说:"一篇百字小简讯,有什么必要署上四个人的姓名?后三个人的姓名是我编稿时删去的……"原来是这么回事。小王想,还算好,吴乡长的姓名还留着,要不,事情可就更严重了。

正在这时,吴乡长派人来叫小王了。小王步履轻松地来到吴乡长办公室。可是，小王发现吴乡长的脸色比李主任和赵主任还难看。“小王，我问你，你写的新闻稿上为什么要署上我的姓名？你是想让上级领导知道我吴某人热衷于自吹自擂，还是想让上级领导知道我整天不抓大事，只是写写火柴盒大的新闻稿……”吴乡长气呼呼地责问。

“这……”小王语塞了。

字读半边

故事发生在我任盱渚县电视台新闻部主任的时候。

那天上午，我正在一家民营企业采访。突然，我的手机急促地响了起来。掏出来一看，原来是王台长找我。手机里，王台长着急地对我说道：“你赶快赶到盱渚宾馆贵宾楼小会议室，马县长正在那里向北京来的那位黄副部长汇报工作。”原来是这么回事啊。我告诉道，我早已安排小姜负责跟踪采访了，他今天一大早就随马县长的车队出发，前去迎接黄副部长了。听我漫不经心地说着，王台长更着急了。他说：“我县是黄副部长来我省考察的一个点。刚才县政府办公室李主任打电话找我，说是这么重要的活动怎能只派一个新手去呢？你给我少废话，如果耽误了事情，我拿你是问！”王台长的声调明显提高了几度，语气也少有的强硬，没有半点商量的余地。无奈之中，我只好中断了在这家民营企业的采访，叫了一辆车，向盱渚宾馆贵宾楼赶去。

贵宾楼的小会议室里，马县长等县里的几个头头都端坐在椭圆形会议桌的一边。在他们的对面，中间的位置空着，右侧坐着省里的一个厅长，他姓吴，曾多次来过我们县，我还专门采访过他，这次肯定是专程陪同黄副部长来的。左侧那位头发梳得滑溜溜的中年人我不认识，但我想他的官一定比吴厅长要大，否则也不可能坐在吴厅长的左面，大概也是北京来的吧。此时，会议室里什么声音也没有，真是少有的寂静。

这时，我的身后传来窸窸窣窣的声音，回头一看，只见县接待办那位瘦得像根芦柴棒的赵主任正掀起厚厚的门帘。在赵主任的引导下，一个身材微胖但保养得让人猜不出年龄的男人笑容可掬地走了进来。他一边走还一边用纸巾擦着手，显然是刚从洗手间里出来。椭圆形会议桌两边的领导见了他，顿时站立起来。我知道，这就是北京来的黄副部长了。黄副部长在中间的位置上稳稳地坐了下来，并轻轻地摆摆手，让大家都坐下。我立即把摄像机镜头对准了他。不知是从哪里冒出来的照相机，也对着他不停地闪着闪光灯。

黄副部长一直那样可敬可亲地微笑着。他掏出笔，打开面前的笔记本，朝坐在他对面的马县长点点头，示意他开始汇报工作。我又将摄像机镜头掉转过来，对准马县长。

马县长清了清嗓子，将话筒往下压了压，开口说道："尊敬的黄部长，尊敬的各位领导，首先，请允许我代表在国外考察的县委书记李斌同志，代表我们'于者'县委、县人大、县政府、县政协，对黄部长和各位领导的到来，表示最热烈的欢迎！"马县长话音未落，会场内便出现了不该出现的骚动，有些人还一边跟着马县长鼓掌，一边交头接耳窃窃私语。这一切都因为马县长把我们

"盱渚县"说成了"于者县",犯了不该犯的低级错误。俗话说"字读半边不算错",但将"盱渚县"读成"于者县"绝对是大错特错了。

尽管"盱渚"两个字很难读,但在我们这里即使是大字不识一个的老农民也不会读错。道理很简单,没有人会把自己家乡的名字读错。让人想不通的是,马县长也是土生土长的本地人啊,他怎么竟然在这种场合读错了呢?我想,也许他是为了活跃活跃气氛吧。平时,是经常有人故意将"盱渚县"读成"于者县",从而引起一阵哄堂大笑的。确实,现在会场内的气氛要比开始时轻松得多。

这时,马县长又清了清嗓子,拿起面前的汇报材料,有板有眼地继续说道:"现在,我把我们'于者'县的工作向黄部长和各位领导汇报一下……"要命的是,马县长又把"盱渚县"说成了"于者县"。可是,这次没有再一次引起骚动,坐在马县长两侧的县里的头头们面无表情,好像没有听到似的。

马县长怎么又读错了呢?我真的想不通。如果说刚才他是有意读错,以此来活跃活跃气氛的话,那么这次呢?总不至于要不停地活跃气氛吧。对了,肯定是马县长太紧张了,毕竟是向北京来的领导汇报工作嘛。我看一眼马县长,可不是嘛,他的脸涨得通红,拿汇报材料的手还在不停地颤抖着呢。然而,我还是分析错了。马县长在继续汇报着工作,但只要提到"盱渚县"他总是读成"于者县"。显然,他这样读并不是为了活跃气氛,也不是因为紧张……

不停地拍摄,我觉得真有点累了。我把摄像机放下,刚刚端起茶杯,突然发现有人在拉我的衣服。我回头一看,原来是县报

新闻部的顾主任。他肯定也是奉命前来采访的。顾主任和我不一样,他不但资格比较老,而且又是马县长的高中同学,我对他自然敬重几分。顾主任让我在他身边坐下,附在我的耳边说:“马县长今天好像有点不正常,连我们的县名都读错了。我们得帮帮他,不能让他再出洋相。”顾主任说着,便从采访本上撕下一张纸头,大大地写上“盱渚”两个字,并分别在这两个字的上面注上拼音——“xū zhǔ”,然后折起来,对我说道:“你帮我把它送给马县长。”

“这……这……”说实话,我可不敢把这纸头送给马县长,但我又不好不给顾主任面子。怎么办呢?突然,我想起以往开会时,负责为主席台上的领导倒茶的女服务员经常会给领导送送文件递递纸头,我何不让她去办这件事呢?想到这里,我接过顾主任递过来的纸头,找到双手交叉放在胸前,正一动不动站立着的女服务员,如此这般地说了一番。女服务员没有半点迟疑,接过纸头,立即向马县长走去。我和顾主任的心顿时提到了喉咙口,眼球也随着女服务员在转动。

女服务员把纸头轻轻地放在马县长手边。马县长并没有立即打开来看,而是过了好一会,在端起茶杯喝茶的时候,才很不经意地打开,但却认认真真地看了一遍,随后将纸头夹在了手边的笔记本里。我和顾主任这才放下心来。然而,让我们百思不得其解的是,汇报中,马县长仍然把“盱渚”县读成“于者”县,那张纸头他看了,但完全没有当回事。

好不容易,马县长汇报完了。根据计划,马县长一汇报结束,便吃午饭,下午再请黄副部长做指示。马县长陪着黄副部长等领导往餐厅走去,我和顾主任让在一边。从我们身边经过时,马县长主动伸出手来和顾主任握了一下，顾主任想说点什么，但只是嘴唇动了动，什么也没有说得出来。马县长亲切地拍了一下我的肩膀，关照道："上级领导很难得来一趟，你得好好报道报道。"我受宠若惊，连连点头。其实心里在想，按照常规，像这种重要报道是要用一些领导的同期声的，你马县长把"盱渚"县读成"于者"县，叫我怎么好好报道报道呢？

正在我犯难的时候，安静了一个上午的手机响了起来。电话还是王台长打来的。他说刚才县政府办公室的李主任又给他打电话了，说是黄副部长来我县考察工作的新闻稿要在今天晚上的《盱渚新闻》节目中播放出去，不过必须记住的是，整个稿子中都不要用同期声。我心想，行啊，如果要用同期声我还没办法用的。王台长告诉我，李主任要求，除了新闻稿今天要播出以外，还要做一档专题节目，全面报道黄副部长在我们县的活动，节目做好先放着，选一个适当的时候再播出。王台长说，这档专题节目也由我负责，让我把小姜拍摄的马县长前去迎接黄副部长等领导的带子拿过来。

草草地吃了点东西，我没顾得上休息，便回到电视台。小姜分到我们电视台扛摄像机才两个多月，我最不放心的是他拍摄的马县长迎接黄副部长的那组镜头，因为那组镜头如果拍得不好，全面报道黄副部长在我县活动的专题节目就没法做成。我打了一个电话给小姜，让他把带子送过来让我看看。不一会，小姜便到了。我接过他递过来的带子，往编辑机里一放，面前的电视屏幕上立即出现了马县长迎接黄副部长的镜头。镜头里，那位省里来的吴厅长正在向黄副部长介绍马县长。黄副部长握住马县长伸过去的手，说："我是第一次到'于者'县来。刚才我从车窗往外看了,觉得‘于者’不错,‘于者’是个好地方,‘于者’是个好地方啊!”天啦,黄副部长把“盱渚”说成“于者”了!也难怪,“字读半边不算错”嘛,也许黄副部长以为,“盱渚”就应当读成“于者”。我目不转睛地盯着电视屏幕。只见在黄副部长连称“于者”是个好地方的同时,马县长愣了片刻,但仅仅是愣了片刻,随即热情地说道:“欢迎黄部长来‘于者’检查指导工作!‘于者’人民欢迎您,‘于者’人民欢迎您!”

我的头蒙了一下,似乎明白了什么,又似乎什么都不明白了。

第三辑

市井雅俗

不可思议的事

如果说荡妇也有个贞节牌坊你肯定不信。可偏偏在东台城里，那个全城有名的荡妇王小媚就有那么一个玩意儿。据说，这个牌坊还是她的丈夫特意为她立的呢。当然，这是很久很久以前的事了。

王小媚的父亲王二伯，在裤子巷开了一爿豆腐店，按理说日子应当过得还可以。但是，他生性好赌，不但赚来的钱都打了水漂，而且还欠下一屁股的赌债。有一年的大年三十晚上，几个赌鬼上门逼债，并扬言要不到债就封豆腐店的门，吓得王二伯不敢露面。好在开棺材铺的钱老板从此地路过，一念之下，动了恻隐之心，帮他还了赌债，保下了豆腐店，也保下了全家人的生机。

王二伯对钱老板感激不尽，经常差遣女儿王小媚将一些豆腐送到钱家的门上。那时王小媚正是二八年纪，情窦初开，而钱老板刚刚死了老婆，寂寞难耐。一来二去，俩人便好上了。王二伯睁只眼闭只眼，巴不得钱老板早点送些钱来，把女儿迎过去。

还就遂了王二伯的愿。没过几天，钱老板真的送钱来了，王小媚也就真的被娶了过去。

如果王小媚能够安安分分过日子，也就不会有咱们今天这个故事了。

新婚蜜月一过，王小媚便露出了水性杨花的本质。她虽然也是普通人家出生，但特别爱好打扮，整天像个花蝴蝶似的，飞到东，飞到西，到酒肆茶楼那些男人多的地方鬼混。时间不长，她便成了东台城有名的荡妇了。钱老板骂过她，打过她，但就是无法收住她的心。再说了，他总不能生意不做，天天在家看管吧。休掉她吧，说实在的，他钱老板还真的舍不得。

后来，事情发展得使钱老板连生意都无法做下去了。那些和王小媚相好的男人常常因为争风吃醋而大打出手，吃亏的那一方也常常把怨气发泄在钱老板和他的铺子上。无奈之中，他又是哄又是逼，带着王小媚，把家和店铺搬到了百里之外的大中集。那时的大中集非常偏僻，也非常冷清，和东台城简直无法相比。钱老板想，远离了热闹的东台城和那些相好的，小媚总该安分了吧。

然而，这是不可能的。王小媚天生就有勾人的本事。虽然初来乍到，人生地不熟，可每次从外边回来，钱老板总会发现家里有个男人在陪着王小媚，而且这些男人并不固定，这次是个高个子，下次说不定就是一个矮胖子。钱老板这个气啊，就别提了。骂也骂过，打也打过，可王小媚就是改不了。

得赶快离开这儿，要不，比在东台城里更糟。钱老板不想再开棺材铺了，只想过一过安稳的日子。他决定把家迁往黄海边上的吴家灶。

吴家灶不是城，也不是集，只是盐民居住的小村子。其实，还不能算作小村子。因为这里人迹罕至，除了几口烧盐的大灶和几户烧盐的人家外，什么也没有，荒凉得很。

钱老板雇了只小船，带着王小媚，沿着斗龙河向吴家灶赶去。

船上，王小媚噘着樱桃小嘴，一副气呼呼的样子，不过，她那不安分的眼睛却在不停地打量着斗龙河的两岸。钱老板呢，则闷坐在一旁想着自己的心事。

突然，王小媚惊叫道："你看，那个浑身像块黑炭的是什么人?”

钱老板抬头一看,告诉道:“是烧盐的盐民。太阳晒,海风吹,他们的身上能不黑吗?”

“噢,那就是烧盐的人啊。”王小媚点点头,算是知道了。突然,她又兴奋起来,拉着钱老板的衣襟撒着娇,“你快告诉我,他叉着双腿在干啥?”

钱老板白了她一眼,没好气地说:“他那是在撒尿。”

“撒尿?他用什么撒尿?”

“还不是和其他男人一样。”

“噢,原来他们也有……”王小媚说着,脸上掠过一丝让人觉得冷飕飕的笑意。

钱老板脑袋“嗡”的一声,差点从船上栽进斗龙河。他定定神,脱口叫道:“船家,咱吴家灶不去了。”

“不去了?”船家问道,“吴家灶不去了,是不是还回大中集?”

“不是,大中集也不要去了,”钱老板说,“还是回东台城吧,回我们的老家去。”

王小媚愣住了,她不相信眼前的这一切,直到小船掉了头,还在将信将疑。

钱老板带着王小媚真的又回到了东台城。不过,回来以后,王小媚像换了一个人似的,和过去那些老相好的断绝了来往。不久,她为钱老板生了个儿子。从此以后,她更是足不出户,整日相夫教子,贤惠非常,直到四十岁上染疾而逝。

王小媚去世之后,钱老板大病了一场。病中,他拖着瘦弱的身体,为王小媚立了一个贞节牌坊……

你不觉得这是不可思议的事吗?

鬼　妻

武魁是裕丰城里有名的一霸,用他的话说就是"天下只有老子大,谁也拿我没办法"。当然,他这话也说得绝对了点。他的妻子三十岁那年秋天不知中了什么邪气,得了一种怪病,第二年春上便被阎王爷"拿"走了,他本领再大也奈何不得。从此以后,他整天和一帮弟兄们混在一起,没有了任何牵挂,倒也开心自在。转眼间,十年过去了,已近四十的武魁对江湖上的一套好像玩腻了,他觉得自己也该成个家了。

这天,手下陆喜子给武魁带来一个好消息,说是城东又新开了一家服装店,店主是从兴化城里来的小寡妇,芳名叫春花。春花只有二十五六岁,新婚蜜月没过完,丈夫就遇车祸死了。据说,车轮是从她丈夫的头顶上压过去的,样子非常惨。别看春花是个小寡妇,可长得就是美,既有少女的风采,又有少妇的风韵,二者合一,真是人见人爱。陆喜子这么一说,武魁动心了。他当即开着自己的"奥迪",在陆喜子的引领下,来到了春花服装店的门前。

武魁一见春花,魂便飞走了,因为她比陆喜子说的还要漂亮。武魁在心里说,这个小娘子老子是要定了。他对陆喜子使了个眼色,陆喜子便直截了当地对春花说出了他的意思。

春花不吃惊,妩媚地一笑,说:"我虽然是初来乍到,但久闻武大哥的大名。武大哥能看得起我,我真的感到三生有幸。"

“那好。”陆喜子打断春花的话，不耐烦地说，“你这么说就是同意，选个好日子把事情办了。”

春花轻轻地摇摇头，面露为难之色。武魁见了，问道：“你有什么为难的事说给我听，没有什么我摆不平的。”

春花朝陆喜子看看，武魁明白她是要陆喜子回避一下。他努努嘴，陆喜子便知趣地退了出去。

“我今生没有福气做武大哥的人了。”春花好看的眼睛深情地望着武魁，泪汪汪的。

“只要我要你不就成了，哪还有什么讲究。”武魁十分不解。

春花让武魁在一张椅子上坐下，说：“虽然丈夫已经死了，但我仍然是他的妻子。说白了，我是鬼妻。每天夜里，那个死鬼都会回来和我一起睡，还和我做那事。”春花说着，脸上红扑扑的，似乎有点不好意思。

武魁当然知道“做那事”是指做什么事，但他压根儿就不相信。他鼻子里哼一声，说：“你识相一点，不要把我当猴玩了。”

“我怎敢呀。”春花说，“这样吧，你如果不信，夜里你睡到我床上看看。不过，我们一人一条被子，你不要碰我。如果你碰了我，惹怒了那个死鬼，有个三长两短你可不要怨我。”“很好！”武魁说道，“如果没有什么鬼，你得嫁给我。”

“好呀，我求之不得。”春花答应得很干脆。

这天夜里，武魁真的睡到了春花的床上。不过，他们确实是一人一条被子，谁也不碰谁。漂亮的小寡妇睡在身边，武魁怎么也睡不着，有好几次他按捺不住，想要有所动作，但又不敢。天不怕地不怕，对鬼他还是有所畏惧的。

也不知到了什么时候，武魁才迷迷糊糊合上了眼睛。突然，他似乎听到床那边的春花好像在和谁说着什么。他睁开惺忪的眼睛一看，不由惊呆了——一个头顶好似削掉了一块，上面没有一丝毛发的男人正光着身子压在春花的身上，春花也在兴奋地呻吟着……

"鬼！"武魁吓得舌头都伸不直，一骨碌地滚下床，向外逃去。

第二天，武魁把这事对陆喜子说了，并且肯定那个鬼就是春花的丈夫，因为春花丈夫因车祸而死，车轮是从他的头顶上压过去的，要不那个鬼的头顶怎么会被削去了一块？可陆喜子不相信。他说，耳听为虚，眼见为实，最好让他也见识见识。

武魁来征求春花的意见。春花说，如果他不怕，可以来呀。

夜里，春花睡在床的中间，武魁和陆喜子一人一条被子睡在两侧。武魁很害怕，如果没有陆喜子壮胆他肯定不敢来。和上次一样，当武魁和陆喜子迷迷糊糊睡去的时候，突然同时被春花兴奋的呻吟声惊醒。他们同时看到，一个头顶好似削掉一块，头上没有一丝毛发的男人正光着身子压在春花的身上。陆喜子吓得尿湿了裤子，比武魁逃得还要快。

打这以后，武魁和陆喜子谁也不敢再提"春花"两个字了。尽管这样，武魁还是整天神情恍惚，没有了往日的威风。他忘不了他曾经看到的那个压在春花身上的死鬼，他还忘不了他的老婆就是惹了鬼、中了邪，不治而亡的。他问陆喜子："我曾打过春花的主意，也和她睡过同一张床，你说她那个死鬼丈夫会不会找我的麻烦？"陆喜子说："这个我说不准，我也一直在害怕。"

怎么办呢？他们向曾经在义仟寺做过和尚的觉明请教。觉明要他们劝春花找一个她丈夫生前最惧怕的人嫁出去。这样一来，死鬼只能在阴间待着，不敢到人世来了，武魁和陆喜子也就会平安无事。

春花的丈夫生前最惧怕谁呢？他们找春花打听。春花想了

想说："我们兴化城西的吴明长我丈夫一岁，小学时他一直是我丈夫的班长，工作后也一直是我丈夫的顶头上司，丈夫生前对我说过，他最服的就是吴明。"

武魁和陆喜子决定去找吴明。在春花的指点下，很快便找到了。巧的是吴明一年前刚好死了妻子。他们如此这般一说，吴明也就跟着来见春花了。

不知春花的死鬼丈夫是不是真的惧怕吴明，武魁觉得还是试一试为好。夜里，他和陆喜子、吴明三个人一起睡在春花的房间里。这天夜里什么事儿也没有发生，他们谁也没有看到那个头顶好似被削去了一块，头上没有一丝毛发的光着身子的男鬼。春花也说，死鬼丈夫没有回来找她。这样，武魁和陆喜子便更加起劲地把吴明和春花往一起撮合。

见武魁和陆喜子确实是真心实意把他们两人往一起撮合，春花和吴明爽快地答应了。不过他们说，现在手头没钱，等有了钱再办婚事。武魁和陆喜子说，你们只顾去拍照片领结婚证，其他的就由我们来张罗，万儿八千的我们认了，就当我们是你们的大哥吧。

领回结婚证，回到新房里，春花和吴明紧紧地拥抱到了一起。原来，他们两人早就相爱了。

好久，春花才从吴明怀中爬起来。她掀开被子，冲吴明莞尔一笑道："现在有了你，他就该下岗了，你帮我把他请走吧。"吴明一看，忍不住笑了。原来，床上正躺着服装店里展示服装的塑料男模特。

送礼悲喜剧

一天，王局长显得很清闲，心情好像也特别好，竟然手捧茶杯来到财务科，和大家有一句没一句地聊起天来。聊着聊着，他聊起了他家的宠物犬美美。他打趣地说，畜生毕竟是畜生，和人就是不一样。这几天美美发情了，整天不吃也不睡，烦躁不安，轻吠不止，可怜巴巴的，如果是人早就跑出去找相好的了……说着说着，他的心情似乎沉重起来。

说者无心，听者有意。那几天，局里正在酝酿财务科的科长人选，想从包括小王在内的三个副科长中挑选一个出来。小王激动地想，在这关键时刻，终于天赐良机了。因为据小王所知，美美是王局长夫妇十分宠爱的小母狗，整天像个心肝宝贝似的供着。现在美美正在忍受着折磨，如果谁能救它于“苦海”，一定会得到他们的赏识。而他，也只有他，才是美美的“救命菩萨”。原因很简单，小王父母家就养着两只宠物犬，其中一只叫壮壮的小公狗，不但有一身金黄的好毛发，而且有一副强壮的好身子。

一下班，小王就打的赶往乡下的父母家。在父母莫名其妙的目光中，他二话没说，抱起壮壮便走。那只叫花花的小母狗跟在后面不停地叫着，壮壮也不停地回应着，可小王哪管得了那么多。

天完全黑下来的时候，小王抱着壮壮来到了王局长的家门前。可是，按了好一阵门铃就是没人出来开门。小王想，局长夫妇肯定应酬去了。他放下壮壮，就在门前等着。不知咋的，壮壮似乎知道门内有一个异性在等着它，顿时摇着尾巴，呻吟着，撒起欢来，大门内外不时传来它们的“甜言蜜语”。

不知不觉，夜里十点多钟了。这时，王局长回来了。借着楼道内的灯光，在发现小王的同时，王局长也看到了大门内外的一幕。他笑着问小王道，这是怎么回事呀？小王说，您不是说您家美美这几天正在发情吗？我给您送来一份特殊的礼物。王局长乐了，连连说，这份礼物好，这份礼物好。说着，便打开了家门。门一打开，美美和壮壮就像久别重逢的情人一样缠绵到了一起。王局长更乐了。他对小王说，他爱人今晚留在朋友家打麻将了，明天回来也一定十分高兴。

这天夜里，小王特别兴奋，怎么也合不上眼。现在看来，王局长很看重我送给他的特殊礼物，作为回报，他一定给我一个科长当当。想到过不了几天，他就会由副职转为正职，真想大叫几声来表达内心的快乐。早晨上班时，王局长在院门前遇到小王，还主动和他打了招呼。这在过去是根本不可能的，怎不让他受宠若惊。

然而，让小王意想不到的事情发生了。中午临下班时，王局长突然把小王叫去，急切地对他说：“不好了，我家美美不见了。”听到这话，小王也大吃一惊。他说：“怎么可能呢？您家的门难道没有关好？”“门怎么可能没关好呢？我老婆刚才给我来电话了，她说她从朋友家打完麻将回来，就发现美美不见了。”王局长的头上急出了汗。

这时，王局长办公室的门突然被推开，王局长的夫人一下子闯了进来。她铁青着脸，气呼呼地说：“姓王的，如果美美找不回来，我和你没完！”王局长吓得气也不敢出，连连说：“我这就去找，我这就去找。”

可是，到哪里去找呢？小王的眼前突然一亮，顾不得多说什么，连忙跑到大街上，叫过一辆的士，向父母家赶去。王局长来不及叫局里的小车驾驶员，也和夫人一起，上了一辆的士，紧紧地跟随着。

一来到父母家，小王的心里便踏实了。因为他看到，美美和壮壮，还有花花正在院子里嬉戏着。紧跟而入的王夫人显然已经知道到底是怎么回事了。她先踢壮壮一脚，再踢花花一脚，随后一把抱起美美，亲了又亲。小王还看到，几滴晶莹的泪珠，从她的眼眶里滚落下来。她擦一把眼泪，瞪着小王，狠狠地骂道："你……你家的狗和你一样，都是臭流氓！不但占有了美美纯洁的身子，还想把它勾引回来做'二奶'！你说……你说你到底安的什么心？""对！你说你送这么个东西给我，到底安的什么心？"王局长也跟在后面责问小王。

从此以后，王局长，还有王夫人看到小王就像看到积怨多年的仇敌一样，恨不得把小王生吞活剥。小王不敢奢望当什么科长了，能保住副科长的职位就是谢天谢地了。唯一让他感到安慰的是，王局长家的那条宠物犬美美好像对他没什么意见。一天，它带着它刚出生的两个孩子跟着王夫人在公园里散步，看到小王时，竟然还对小王摇摇尾巴，并在他的腿边磨蹭了几下。

盲人与骗子

从县城开往小镇的公共汽车在砂石公路上不紧不慢地爬行着，沿途只要有人把手一招，公共汽车就会立即停下来，司机打开车门把乘客迎上去。像老农捡芝麻似的，不知不觉中车上便挤满了人，并且站着的比坐着的还要多。见已经严重超载了，司机便不再停车带客了，一路鸣着喇叭把车直接向小镇开去。

此时正是傍晚时分，忙碌了一天的乘客们都感到非常累了，加上汽车一路颠簸，人们犹如睡在摇篮里，个个都忍不住昏昏欲睡。突然，一声尖叫猛地把大家惊醒。人们睁开惺忪的双眼，发现一个年龄约莫二十一、二岁，身穿吊带裙的性感女孩，满脸全是惊慌的神色。她捋一把染成金黄色的披肩长发，指着身旁站着的高个子男人结结巴巴地说道："他是流氓，他刚才摸我胸部……"没等女孩说完，一个和女孩差不多年龄，穿着同样很是新潮的男孩，挤上前去对着那个高个子男人就是一拳，嘴里骂道："我打你个臭流氓，看你还敢欺负我的女朋友！"

高个子男人趁势一把抓住男孩的手，说道："你真的以为我骚扰了你的女朋友？"没容男孩开口，女孩抢着答道："难道我还拿自己的名声开玩笑？一上车，我就发现你一双色迷迷的眼睛盯着我不停地转，就知道你不安好心。"高个子男人还想说什么，可是已经没有他说话的机会了，车上的人全都你一言我一语地打起不平来。一个胖胖的男青年还从人群中挤上前来，拍拍高个子男人的肩膀冷笑道："看不出你老兄戴着一副眼镜，穿着一身漂亮的衣衫，打扮得倒是人模狗样的，却原来是一只披着人皮的色狼。"他对男孩女孩说道："你们要他怎样赔偿损失？说出来，大哥我和这一车的老少爷们为你们做主！"

女孩说："他最起码得赔偿我一千块钱的精神损失！"

男孩说："一千块钱是最低的了，要不我们就到派出所告他个流氓罪！"

"怎么样，要求不过分吧？"胖青年又在高个子男人肩上拍了两下，"你看是拿钱呢还是派出所？"

高个子男人大声争辩道："我没骚扰她，确实没骚扰她，凭什么要我赔偿她？"

"人家一个小姑娘怎么会拿这事冤枉你呢？"车上的乘客们听到这话更加气愤了，纷纷指责道，"做错了事还不承认，你还算一个人吗？"

"口说无凭，总得有证据吧。"高个子男人显然很不服气。

"一上车他那一双眼睛就透过镜片色迷迷地盯着我看，还对我挤眉弄眼的，趁我没注意，就在我胸前摸了一把。现在我明白了，怪不得他戴一副眼镜，原来是用来作掩护的。"女孩似乎完全豁出去了，气呼呼地说，"你要证据，这就是证据！"

"你看你看，事情明摆着嘛。""你还有脸在这儿说三道四，快掏钱吧。""还是把他送到派出所算了。"听了女孩的话，大家七嘴八舌地嚷道。

这时，惊人的一幕出现了。只见男青年不慌不忙地摘下眼镜，说道："大家刚才都听明白了，现在可得看明白呀！"放眼看去，大家不由"啊呀"一声——原来，男青年是个盲人！

"这……这……"男孩、女孩和那个胖胖的男青年也都傻了，

他们连忙对司机嚷道，“停车，让我们下去，让我们下去！”

高个子男人一把抓住身边那个胖青年，一边反剪着他的双臂，一边对大家叫道：“他们是合伙敲诈钱财的，别让他们逃掉！还有，那个女孩是假的，是男扮女装。”

“一个盲人怎么知道人家是男扮女装？”大家将信将疑。可是，还是有几个人冲上前去把那一男一女紧紧抓住。那个女孩扭动着小巧的身子，拼命地往外跑。不知是谁顺手揪住她的头发，哪知竟然全部揪了下来——披在头上的原来是个假发套。头发是假的，那个高耸的乳房会不会是假的呢？又不知是谁拉了一把，却拉下来一个人造气垫乳房。果真是个假女孩，一车子的人全都又好气又好笑，忍不住怒骂起来，有的还要伸手打他们。

“真的神了，你眼睛看不见，可怎么知道那家伙是个男的呢？”等把那几个家伙制服住，大家禁不住问高个子男人。

高个子男人笑着说：“开始时，那家伙曾用胸部在我身上磨蹭了几下。我知道，他那是想诱惑我。可是他没有想到，盲人视力不好，可是触觉好得很啊。”原来如此，大家全都笑开了。笑声中，汽车向附近的一个派出所开去。

经过公安部门审查，他们果然是一个犯罪团伙。那几个家伙利用天生的一副女人嗓子，曾在客车上结伙敲诈钱物多次。让他们做梦也没有想到的是，竟然会栽倒在一个盲人的手上，这也叫多行不义必自毙吧。

霓虹灯惹祸

今天是周末，下班时间一到，新潮广告公司的员工们便纷纷离去。总经理杨天却没有走。他抓住这一有利时机，用电话把情人丽丽招呼过来。借助办公室的双人沙发，两人便是一番云雨。尽兴过后，已经是夜幕降临、华灯齐放的时分了。他们整整衣服，正准备出去吃点东西，突然听见"咚咚"的脚步声由远而近急促地传来，随后便是"轰"的一声响，办公室的门猛地被踢开，一个满脸络腮胡子的粗壮男人冲了进来。丽丽吓得钻进杨天的怀里，大气不敢出一口。而杨天却禁不住地想：莫非是丽丽新搭上的相好知道我们在一起鬼混，找我吃醋来了？

大胡子男人愣愣地看了好一会，才冷冷地问道："你就是新潮广告公司的总经理杨天吧？"

杨天稳稳神，忙不迭地说："正是我。大哥有什么事尽管吩咐，尽管吩咐。"

"你在这里快活，却坏了我的好事。"大胡子说着，突然提高声调喝道，"我看你是欠揍！"

"不要这样，有话好说。"杨天把丽丽往大胡子身边推了推，说道，"丽丽，你还不劝劝这位大哥。"

丽丽佯装多情，嗲声嗲气地说："是呀大哥，有话好好说嘛。"

杨天从丽丽的话中听出他们不是一对情人，这才放下心来。他递给大胡子一支香烟，说："能不能告诉我你的尊姓大名呢？"

“我叫姜从，听说过吧。”大胡子话音刚落，杨天一把把他紧紧抱住，紧紧地握住他的双手，连声说道：“缘分，真是缘分啊！我没想到你原来是胡县长的小舅子姜从大哥啊，久仰久仰！你们厂的霓虹灯招牌还是我带人去给你装起来的，只可惜当时你出差在外，没有和你见上面，要不今天哪会有这种误会。”

“亏你还有脸谈起霓虹灯的事。告诉你吧，我今天就是为霓虹灯的事找你来的！”大胡子把烟头往地上一扔，没好气地说。

一听这话，杨天仿佛受了天大的委屈，说：“这就是大哥你冤枉小弟了。你应该知道的，我给你装的霓虹灯没有收一分钱啊，真的，连材料费都没有收。当然，我这是看在胡县长的面子上，拍他老人家的马屁，想请他利用手中的权力，照顾一些业务给我。我没有想到，我拍马屁竟然惹上祸端了。”

“我不管这些。我只知道你替我装的霓虹灯招牌给我的企业造成了损失，你应当赔偿我。”大胡子沉着脸，喊道，“你说是公了还是私了？”

“什么？你说什么？”杨天蒙住了，“你说霓虹灯给你的企业带来了损失，简直不可思议。”

“难道我会骗你？敲诈你不成？”大胡子一副怒不可遏的样子，“你知道不知道，虽然霓虹灯招牌刚刚装起来，可是公安局和工商局都来找过我了。好在他们看在我姐夫的面子上，要不我还不知道要被罚多少钱呢。更糟糕的是，我们企业想招工，可是招工广告贴出去好多天，一个工人也没有招得到。”

竟然会有这样的事？杨天不相信，丽丽很好奇。她抛给大胡子一个媚眼，说：“大哥不要生气了。可不可以带我们去看一下呢？如果真的是霓虹灯招牌给你的企业造成了损失，赔偿也是应该的。”

“丽丽说得对，耳听为虚，眼见为实，你是得带我们去看一下。我倒不相信，我拍马屁竟然会拍到马腿上，还被马踢上一脚。”杨天说着，催大胡子快带他们走。大胡子“哼”一声，领着他们出了门。

他们乘一辆的士来到了厂门前。此时，霓虹灯正在闪烁着。大胡子走下车子，对霓虹灯一指，说：“你们看吧，这就是你们做的好事！”

杨天和丽丽一看，便知问题大了。原来，大胡子姜从办的是一家毛纺织厂，厂名就叫“姜从毛纺织厂”，要命的是霓虹灯招牌中，“姜”字已经完全不亮了，“从”字左面的那个“人”字也不亮了，“姜从毛纺织厂”变成了“人毛纺织厂”……

“怎么样，我没骗你们吧。”大胡子气愤地说，“看到这样的霓虹灯，公安局和工商局来查我的生产原料是从哪里来的，招工的时候人们说我们的企业肯定没有前途，因为生产原料太紧张，谁也不肯来……”

“大哥，你别说了，你的损失我赔偿就是了。”杨天后悔得就差打自己的嘴巴，心里说，“谁叫我要巴结讨好胡县长呢？活该，活该啊！”

古镇·老人

串场河边有一个千年古镇，古镇曾经出了个举世闻名的人物，那就是不朽之作《水浒传》的作者施耐庵。为了纪念这位大

作家，人们在他当年写作的花家垛建了个纪念馆，叫“施耐庵纪念馆”。

花家垛实际上是串场河上的小岛。到花家垛上去，过去靠渡船，现在有了座水泥桥。每天穿过古镇的石板巷，踏过新建的水泥桥到花家垛“施耐庵纪念馆”去的人不在少数。当然，以各式文化人居多。

一天，一位摄影师在参观完“施耐庵纪念馆”后没有随“大部队”回去，而是留在了古镇。他说，他要好好考察这座千年古镇的风土人情。

摄影师在古镇转了大半天，拍了好多好多照片。

太阳快要落山时，他竟在不知不觉中又来到了那座通往花家垛的水泥桥边。然而，这时的水泥桥边热闹非凡，那里正一字排开许多卖鱼卖虾的人。“瞧一瞧，看一看，串场河里的鱼，串场河里的虾……”他们一边吆喝着，一边与人们讨价还价。

这时，一位老人吸引住摄影师的目光。他有一头齐刷刷的白发，一张刻满皱纹的脸，还有一双深邃的眼睛；他身穿一套黑色的粗布衣，腰间扎一根粗草绳，脚上搭一双破解放鞋。看着他，很容易使人想起那张著名的油画《父亲》。这是一个渔民，一个生活在千年古镇的渔民，他的先辈，说不定就是施老先生笔下哪个人物的原型。摄影师不由端起了照相机……

“慢!”一双被水浸得发白的大手挡住了镜头。老人问:“你要干什么?”

“给你照相。”摄影师说。

“给我照相?”老人将信将疑。

“是的，给你照相。”摄影师告诉道，“我要把你的相片登在报纸上，让全世界的人都看到，看到施老先生的后辈们……”摄影师越说越激动。

“原来是这样。”老人明白了。可是，当摄影师再次端起相机时，他又挡住了镜头。“这样吧，你……你等一下，我去去就来，去去就来。”

老人把手中的鱼篓子交给身边的一个青年人，随后，便钻进了古镇的小巷。

过了好一会儿，老人才出现，不过，摄影师却惊呆了。只见老人头上戴一顶黑色的皮帽子，身穿一件黑色的中山装，脚上也换上了锃亮的黑皮鞋……

“拍吧，拍吧。”老人催促道。

“你……你怎么这身打扮？”摄影师说。

“这你就不懂了。你把我登上报纸，我总不能让外人笑话我们施家后代吧。再说了，我们平时就是这样打扮，只是干活时才不讲究，才随便穿穿……”老人说着，眼中闪动着兴奋的神色。

摄影师不再犹豫了。他端起照相机，对准老人，轻轻地按下快门。

二壮趣事

这次回老家，许多人没有见到，却见到了童年时的伙伴二壮。二壮还是老样子，一副滑稽相。老家的人给我讲了许多他的趣事，一边讲，一边笑，可我却怎么也笑不起来。

一

二壮嗜酒，可他家里穷，没钱买酒。

一天，乡里来人检查工作，中午要在村里吃饭，村主任让二壮去帮忙。二壮高兴极了。

领导们吃完了，该二壮打扫战场了。没有人劝他，他竟然将剩下的一瓶“斗龙”酒一口全灌了下去。

其实，二壮只是嗜酒，酒量并不怎样。一瓶酒下肚，他哪能不醉。扔掉酒瓶，他跌跌撞撞地扶着墙壁往外走，出了门，叉开双腿就要小便。然而，他的手却解开上衣纽扣，伸向了胳肢窝，在那里不停地摸索着，嘴里还不住地唠叨：“怎么不见了？怎么不见了？”

见此情景，村主任笑着跑到厨房里，拿来一截香肠。二壮接过村主任递过来的那截香肠，兴奋地说：“这下好了，终于找到了。”随即，尿从他的两条裤腿里倾泻而下。而二壮的脸上，却是惬意的神色。

二

二壮文化不高，但是那件破旧的中山装口袋上却总是挂着两支钢笔。

一天，村主任张明到乡邮电所寄信，二壮也跟着去玩。到了邮电所张明才发现没有写邮政编码，而自己又忘记了带笔。他顺手就拔二壮的钢笔，哪知竟然是个钢笔套子。再拔，还是个钢笔套子。

张明不解地问：“二壮，你这是搞的什么鬼？”

二壮笑着说：“咱没文化，如果口袋上再不挂个钢笔做做样子,人家更瞧不起。只是我家没有钢笔,只能找到几个钢笔套子。”

张明也笑了,但是他还有疑问:“做样子一支也就够了,何必弄两支?”

“这你就不懂了。”二壮诡秘地笑笑,“人们都说,口袋上挂一支钢笔的是小学生,挂两支钢笔的是中学生,挂三支钢笔的是大学生,挂四支钢笔的是修钢笔的师傅。一支嫌少,两支正好,我就装个中学生得了。”

三

还是因为穷,二壮总是讨不着老婆。

二壮种田种不来,只得外出打工。其实,他外出打工的一个重要目的就是想“拐”个老婆回来。哪知几年下来毫无进展。后来,他回来时,竟然剃着个光头,披着一件黄袈裟。他说,他在外边出家当和尚了。从此,他什么地方也不去了,就在家乡帮助乡邻做做佛事。

邻村有一个年轻女人死了丈夫,要找和尚来“应七”。我们这儿人死了,是要“烧七”的。所谓“烧七”,就是每隔七天祭祀一回,直到第七个“七”才结束。所以,第七个“七”也叫“终七”。有名气的和尚忙得很,找不来,最后只得找到了二壮。

二壮答应了,并且很准时,从来没有误过事。他敲着木鱼,嘴里念念有词,很像那么回事。

转眼间,“终七”了。让人想不到的是,“终七”的第二天,二壮和那个死了男人的年轻女人竟然到镇上领了结婚证。

人们都为二壮高兴,说他交桃花运了。二壮说,主要是我现在能弄到钱。当然,我人也好。

现在，那个女人在家种地，二壮仍然当他的和尚。据说，日子过得还不错。

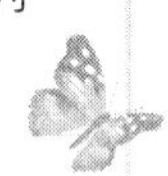

不敢做你妈

天阴了好几天，终于在腊月二十八下了一场大雪。此时正是傍晚时分，县汽车站候车室里挤满了急着往乡下赶的乘客。由于人多站小，加上设施不全，大多数人都无奈地站着，只有少数几个来得早的人拱着双手，呵着热气，不耐烦地坐在陈旧的木条椅上，和其他人一样，不时朝外张望着，焦急地等待着车的到来。

这时，一个身披老棉袄，头戴旧棉帽的老人拄着拐杖走了进来。他的手上拎着一只塑料袋，里面装有好几包中药，显然是刚从医院看完病的病人。见没有座位可坐了，他便依着木条椅的靠背，有气无力地站在一旁。一个胸前戴着红领巾的小男孩见了，连忙站起身来，对老人说道："大爷，您坐我这儿。"老人点点头，笑了笑，却并不挪步。小男孩只好跑到老人的身边，硬是把他请到了自己的座位上。

然而，老人刚在座位上坐定，只见从门外又走进一个年轻漂亮的妇女。她身背行李，怀抱用大衣裹得严严实实的孩子，步履显得很不轻松。候车的人大都看到了眼前的一幕，但全把目光转到了一边。老人却坐不住了。他吃力地站起身子，对那个怀抱孩子的年轻女人喊道："抱孩子的同志，坐我这儿吧。"女人愣了一下，但随即笑了笑，说一声"谢谢"，便径自坐在了老人让出的座位上。

女人在座位上坐定后，一边饶有兴致地嚼着口香糖，一边轻轻地拍拍怀中的孩子，她怎么也不会想到，一个约莫六十来岁的大妈却注意上了她。这位有着一头白发的大妈先是出神地看着，再又悄悄走到她的身边瞧瞧，最后脱口叫道："蓉儿，你是蓉儿！"

听到有人叫蓉儿，年轻女人不由大吃一惊，抬头朝大妈定睛一看，随即叫道："妈，我是蓉儿，我是蓉儿！"母女俩不容分说，立即拥抱到了一起。大妈啜泣着，说："你到南方打工都三年了，怎么也不回来看看我和你爸呀？"蓉儿答道："我这不是回家看你们来了。这三年来，其实我也想你们呀，可是写信吧，你们不认识字；打电话吧，我们家又没有装电话，你和我爸可不能怪我呀。""不怪不怪。早上我一个人到县城买年货，现在却领着你回家了，你爸见了还不知多高兴呢。"大妈开心极了，不时用衣角擦擦眼中不知不觉流出的泪水。

突然，大妈猛地想起了什么，她指指蓉儿怀中的孩子说："快让我看看孩子，我还等他叫我外婆呢。"随后又感叹道，"现在世道不一样了，我和你爸不会多管你的终身大事，可你怎么不让咱家女婿一起回来看看呢？"听到这话，蓉儿的脸上泛起了一片红晕，嗔怪道："你瞧你说的，哪有什么女婿，我现在连男朋友还没找呢。""你说什么？没有女婿这孩子是从哪里来的，难道真的像电视里说的，用的是人工……"大妈一时说不下去了。

"你呀，你看看我怀里的孩子。"也许是不忍心让妈急着，蓉儿对大妈说道，"你来看看我怀里到底是怎样的孩子。"在大妈和周围人好奇的目光中，蓉儿一层层地把大衣打开。不看不知道，一看谁都大吃一惊——只见长有一身卷曲白毛的哈巴狗，正悠闲自得地躺在蓉儿的怀中。哈巴狗好像才睡醒似的，正眨巴着圆溜溜的眼睛打量着陌生的人们。

大家先是一阵哄堂大笑，随后便七嘴八舌地议论开了。有的人说："稀奇稀奇真稀奇，抱个小狗当孩子。"还有的人说："抱个小狗当孩子，可以有人让位置。"……面对人们的议论，蓉儿装着没有听到，自顾自地逗着怀里的哈巴狗。这时，那个戴着红领巾的小男孩走了过来，对蓉儿说道："大姐姐，快把座位还给那位生病的老爷爷吧。"蓉儿抬起头来，冷笑道："真是狗拿耗子，关你什么事？告诉你吧，我这座位是人家自愿让给我的。""我不让了！"谁也没有想到，一直沉默着的老人突然冒出这样一句话，并且声音特别响，让人不敢相信他是一个病人。"你……你刚才不是主动让给我的吗？现在怎么……怎么……"蓉儿急得一时说不出话来了。老人认真地说道："你怀里如果抱的是孩子，我应该把座位让给你，现在你怀里抱的是一只狗，我再把座位让给你，不是自己作践自己吗？"

"不……不……"蓉儿分辩道："我养的是宠物狗，它就是我的孩子，就是我的孩子呀。你们听，它还会叫我妈妈呢。"蓉儿使劲地拍拍哈巴狗，嘴里唠叨着："快喊妈妈，快喊妈妈！"哈巴狗"汪汪"地叫了两声，蓉儿高兴极了，兴奋地说道："你们听到了吧，这是它在叫我妈妈。"话音刚落，候车室里响起一片嘲笑声。嘲笑声中，只见蓉儿妈走了过去，白了蓉儿一眼，气愤地说道："没想到离家三年，你的脸皮变得这么厚！你不害臊我还害臊呢！"蓉儿跺着脚，脸涨得通红，仿佛受了天大的委屈，一边流泪一边说："妈，这么多人欺负我，你为什么不但不帮我，而且还跟在他们后面骂我？妈，你是我妈呀！"

"快别叫我妈！"蓉儿妈连忙打断蓉儿的话，连连摇着手，说，"我不是你妈，也不敢做你妈！"

蓉儿惊呆了，周围的人也都惊呆了。蓉儿妈对着蓉儿，一字一板地说："如果我做你的妈，那我也就成了一只狗了。因为你说你是狗的妈，照这样说来，做你妈的不是狗又是什么呢？我可不愿像你一样，放着好好的人不做而去做狗！"

关起来，别把我放出去

郑叙伟是宏大房地产开发公司的总经理。自从市建设局局长贾一民因受贿索贿被"两规"后，他就料定反贪局的人会来找他。因为在接受审查时，贾一民的"态度"出奇地好，交代出许多问题。对他交代出的问题，反贪局理所当然会一一核实。果然，早晨上班刚在老板椅上坐定，漂亮的女秘书便猛地推门进来，神色慌张地报告道："不好了老板，反贪局来人了。"

"慌什么？"郑叙伟显得十分镇静。他一边慢条斯理地吐着烟圈，一边很随意地问道，"他们人呢？"

"他们正在会客室等您呢。"女秘书回答道。

"你去告诉他们，就说我不在。"郑叙伟把肥胖的身子埋进宽大的老板椅，对女秘书挥挥手说，"快去，就这么对他们说。"

"不行啊老板，他们是看到您来上班的。"女秘书差点哭出声来。

"那我也不见。"郑叙伟把香烟往烟缸里使劲一按，"你去告诉他们，我知道他们找我干什么，但是，我郑叙伟是不会做对不起朋友的事的，请他们少在我的身上打主意。"

无法，女秘书只好悻悻地离去。

然而，没过上几分钟，敲门声便急促地响起。好一阵子，郑叙伟才硬着头皮把门打开，反贪局一胖一瘦两位办案人员夹着公文包，神情严肃地走了进来。他们开门见山地说道："我们今天来，主要是就贾一民交代出的涉及宏大公司的问题进行核实，请你配合，这也是每一个公民应尽的义务。"

郑叙伟鼻子里"哼"了一声，没好气地说："不管他交代了什么，都与我们公司无关。我让秘书告诉过你们，我们是不会做对不起朋友的事的，你们早点走吧，我很忙，没空陪你们。"说完，叫来女秘书，要求她立即通知公司全体中层以上干部马上到会议室开会。

见此情景，那位胖胖的办案人员恼了，可那位瘦瘦的办案人员却显得很有耐心，他要郑叙伟不要激动，还是主动配合为好。哪知郑叙伟根本听不进去，他以开会的时间到了为由，叼着香烟，走出了办公室。不一会儿，便传来他在会议上讲话的声音。特别是那句"我们宏大公司不能对不起朋友"显得非常清晰，似乎就是有意说给反贪局的同志听的。

郑叙伟太嚣张了，两位办案人员再也忍耐不住了。他们随即用手机向领导做了汇报，并且提出把郑叙伟带回局里进行调查。领导当即表示同意。所以，当郑叙伟讲完话走出会议室的时候，反贪局的办案车已经停在大门外等他了。郑叙伟显得还是那么镇静。他捋捋光滑的头发，把斜着的领带拉拉正，微笑着对愣在一边的公司员工挥挥手，迈着方步，不紧不慢地走上了车子。

车子径直开往反贪局的办案点。让人难以置信的是，走下车子，郑叙伟竟然跟换了一个人似的。他点头哈腰地说："我一定把问题说清楚，一定把问题说清楚。"

“你是不见棺材不掉泪，非要到这里才说。”办案点的一间房子里，那一胖一瘦两位办案人员坐在了郑叙伟的对面。

“在公开场合我不配合你们，是因为我有我的难处啊。”郑叙伟长叹一声。

“那你现在说吧。”那位胖胖的办案人员示意道。

“好的。不过……不过我有个条件。”郑叙伟欲言又止。

“条件？什么条件？”办案人员问道。

“我说完以后，你们得把我关起来，关上个三天三夜，不要把我放回去！”郑叙伟哭丧着脸，恳求道，“我就这么一个条件，你们无论如何都要答应我。”

反贪局的办案人员奇怪了。他们办过许多案子，接触过许多涉案人员，可是从来没有人提出过这么个条件。通常情况下，涉案人员总想赶快把问题说清楚，然后恨不得插上翅膀飞出去，哪有要求把自己关起来的。

见反贪局的办案人员不理解，郑叙伟便说开了。他说：“你们知道的，我们搞房地产开发不容易呀，大大小小若干官员需要打点，哪一点不到位都不行。现在他们也学刁了，口不紧的不交往，骨头软的也不交往，看重的只是讲义气的。如果你们一找我，我就什么都说了，那我以后在社会上还怎么混？我们公司还怎么能办下去？”他狡黠地一笑，“所以，让你们把我关上几天，值得！”

郑叙伟说着，从口袋里掏出一叠纸和一个小本本，在办案人员面前晃了晃：“这是我早就写好的揭发材料和平时的记账本，只要你们答应我的条件，我马上就交给你们……”

一胖一瘦两位办案人员你看看我，我看看你，竟然一时不知说什么好了。

“不同意的请举手”

王老太中年丧夫，是她既当娘又当爹，吃尽千辛万苦把五个儿女拉扯成人。如今都已成家立业的儿女们，除了按照十年前的约定，每人每月给王老太二十元生活费外，其他就一概不管了。一百元实在维持不了一个月的生活，王老太只好硬着头皮找儿女们讨要，可是每次都会吃上“闭门羹”。无奈之中，王老太找到她的大兄弟，也就是儿女们的大舅。

大舅年过七十，在当地很有一些威望。他一个一个地找外甥和外甥女做工作，提出把王老太的生活费由每人每月二十元调到五十元。可是，他们一个个面无表情，不说同意也不说不同意。怎么办？他决定主持召开家庭会议，让外甥外甥女们就此进行举手表决。外甥外甥女们心想，同意吧，每个月要多花三十元，从内心里感到不情愿；不同意吧，传出去又要背骂名。他们在心中拿定主意，到时来个装聋作哑不置可否，你大舅肯定无法可施。

表决开始了，大舅严肃地说道：“同意的请举手。”果然，外甥外甥女们有的不动声色地抽着烟，有的饶有兴致地喝着茶，就像没听见似的，谁也不举手。大舅佯咳一声，继续说道：“不同意的请举手。”外甥外甥女们还是那样无动于衷。“弃权的请举手。”大舅没好气地大吼一声，但外甥外甥女们仍然是那么一副死猪不怕开水烫的神情。大舅碰了一根软钉子，气得七窍冒烟，骂一声“逆子”，叹着气，走了。

消息传到王老太的小兄弟，也就是儿女们的小舅那里，他冷笑着说："我就不信没办法治他们。"

小舅把外甥外甥女们召集在一起，再次就王老太的生活费问题进行举手表决。外甥外甥女们人虽然来了，但心中拿定了和上次一样的主意。他们想，到时我们仍然装聋作哑不置可否，估计你小舅也没有比大舅更多的办法。

表决开始了，小舅像上次大舅那样严肃地说道："弃权的请举手。"果然，外甥外甥女们各自做着小动作，就像没听见似的谁也不举手。小舅佯咳一声，继续说道："不同意的请举手。"外甥外甥女们还像没听见似的谁也不举手。"好！"小舅断然叫道，"弃权的没有，不同意的没有，一致通过！从本月开始正式执行！"

外甥外甥女们一个个惊呆了，愣在那里你看看我，我看看你，嘴里支吾着。小舅认真地说："弃权的没有，反对的没有，除了同意，肯定不会有什么其他的结果了，你们不会不明白吧？"

事后，大舅不无佩服地对小舅说："别看你的年岁比我小，可办法就是比我强。"

小舅淡淡一笑："这帮小兔崽子想和我玩，还嫩着点。玩不过他们，我这几十年的干部还不是白当了？"说这话时，小舅的脸上不由露出一副得意的神情。

珍稀礼品

这也是一个有关送礼的故事。

一天，黄局长来到我们办公室。闲聊中，他说他的年龄已经到线了，估计过了元旦就要退居二线。不过，临退之前他要在我们三个办公室副主任中明确一名办公室主任，不让这个正职位置一直空缺下去。

听了黄局长的话，我非常沮丧。因为和其他两人比起来，我年龄最大，学历最低，任职的时间最短，并且家境也最差，拿不出更多的钱来和黄局长联络感情。据可靠人士透露，其他两个副主任已经先后到黄局长家去过了。

我肯定是没有希望了。没有希望也好，不用怕得罪谁，我想搞个恶作剧捉弄捉弄黄局长。星期天，我到农村老家去。一进家门，就看见一只毛茸茸的黄狗崽正依偎在母狗怀里吃奶。原来，家里的那只黄狗生崽了。我眼前一亮：把这只黄狗崽作为特殊礼物给黄局长送去，不是挺有意思吗？

当天晚上，我便把那只黄狗崽送到了黄局长的门上。我说："你们的孩子都在外地工作，平时太寂寞了，送只小狗崽陪你们玩玩。"似乎觉得我说得有些道理，他们这才收下。

第二天一上班，黄局长就让我到他办公室去一下。我紧张极了。没想到的是，黄局长却微笑着说："你昨晚送给我的那只黄狗崽，不是名贵犬，胜似名贵犬啊。谢谢你，谢谢你了。"这话让我有点丈二和尚摸不着头脑。

这以后，我发现黄局长对我的态度比过去好多了。元旦前夕，更是发生了让我意想不到的事。在黄局长的提议下，局里研究决定，任命我为办公室主任。激动之余，我对黄局长既充满感激之情，又怀着愧疚之心。我要给黄局长送上一份厚礼，否则我的心将永远难以安宁。

我买了两瓶好酒，两条好烟，还有两听上好的茶叶，再次来到黄局长的家里。我的到来，让黄局长两口子倍感高兴。不过，黄局长批评我说："你不该带这么多东西来，上次送来的黄狗崽够贵重的了。"

黄局长的话是什么意思呢？我真的不懂了。不过，我还是佯装镇静，用眼睛把黄局长家里扫描了一遍，却没有见到那只黄狗崽。这时，黄太太笑着对我说："当时我以为你送来的是一只普通的狗，可我们老黄就是不信。他说人家既然把它当作礼物送来，肯定有它特别的地方。他细细检查，果真看出门道来了……"她笑得说不下去了，黄局长跟着哈哈笑，我也莫名其妙地跟着笑哈哈。好一会儿，黄太太才继续说："老黄发现那只黄狗崽既有母狗的生殖器，又有公狗的生殖器，原来是条阴阳狗！"

黄太太的话让我大吃一惊。因为我只听说过有两性人，哪知道世界上还有阴阳狗啊。

黄太太擦一把笑出来的眼泪，说道："俗话说得好，物以稀为贵。这样一条阴阳狗，我们拿到宠物市场上，果然卖出了一个好价钱。"

故事到这里按理该结束了。可是一天我从我们县钱县长家的别墅前走过，发现院子里正拴着一只毛茸茸的黄狗崽。仔细一看，它其实就是我送给黄局长家的那只。因为我发现它正是一条有着两套生殖器的阴阳狗。至于是谁送给钱县长的,我就无法知道了。

歌星失踪

金丰集团成立十周年之际,董事会研究决定举行隆重的庆典活动,特邀眼下当红歌星冰峰领衔演出大型歌舞晚会。

金丰集团是由一家村办小厂发展起来的,集团总部至今仍在乡下。这样地处偏僻的小企业冰峰历来是不屑一顾的,但看在人民币的面子上,他还是同意了。不过,他提出一个条件:演出可以到乡下去,吃住一定要在市区里。只要大歌星能来,金丰集团什么条件都可以答应,何况市区到企业也就三十公里路程。

大歌星下乡演出的消息传开后,报纸、电视、网站等各类媒体的娱乐记者纷纷赶到冰峰即将下榻的金都大酒店,张开大网,准备捕捉爆炸性新闻。

晚会演出的当天,冰峰悄悄地住进了金都大酒店。用过晚餐,稍事休息过后,冰峰的车队向金丰集团鱼贯而去。等候多时的"娱记"们也带着各自的"家伙"蜂拥而上,紧随其后。此时,晚会已经开始了一个多小时。冰峰这个时候去是精心策划过的,因为"最好的总是在最后"嘛。

车子行到半路上突然戛然而止,只见冰峰跳下车子,匆匆钻进路旁的庄稼地里。"娱记"们也赶紧刹住车子,操起"家伙",就要跟踪采访。见此情景,冰峰的保镖们赶紧将他们拦住,并扬言,如果不听劝阻，一切后果自负。

“娱记”们愣住了，恰如“丈二和尚摸不着头脑”，眼巴巴地看着冰峰消失的那片庄稼地。

二十分钟过后，冰峰才重新走出庄稼地，继续向金丰集团赶去。还好，没有耽误演出。

然而，让人始料不及的是，报纸、电视、网站等各类媒体第二天还是刊发或播出了“演出途中，歌星冰峰神秘失踪二十分钟”的爆炸性新闻。不过，内容大相径庭，各不相同。

某大报是这样报道的：在去金丰集团的途中，冰峰看到地头上有几个农民正在干活。他想，这些农民的文化生活肯定十分枯燥，自己何不前去为他们唱支歌呢？想到这里，他连忙让司机停车，跑到农民的身边，一连唱了三首歌……

某电视台是这样报道的：歌星冰峰一向酷爱打猎。在去金丰集团的途中，他突然看到一只浑身雪白的兔子从车旁跑过，蹿向路边的庄稼地。他兴奋极了，连忙让司机停下车子，拔腿追去。由于他赤手空拳，当然一无所获。

某网站是这样报道的：歌星冰峰是个铁杆网迷，拥有众多的异性网友，由于歌星的身份，与网友“亲密接触”多有不便。在去金丰集团的途中，他看到公路两边到处是绿色的青纱帐，心想，此处环境独特，正是与异性网友约会的极好去处，不妨下车考察一番，以备日后所用。数日之后，冰峰将在此处约会异性网友。

……

一时间，众说纷纭，舆论哗然。有人认为，冰峰“送歌到地头”的行为值得表彰；有人认为，冰峰置观众于不顾，“庄稼地里追兔子”的举动不可原谅；有人认为，冰峰“约会网友选地点”的做法实在荒唐……一番热闹之后，人们逐渐冷静下来，不禁问道：

各类媒体的报道中，谁的真实可信？人们，特别是众多“冰峰迷”们迫切要求冰峰自己做出解释。

一方面社会上有要求，另一方面觉得确实有必要，冰峰决定召开一次“歌迷见面会”。他不好意思地说：“那天，我是神秘失踪了二十分钟。不过，并不像媒体报道的那样。”他喝了一口随从递过来的水，继续说道，“我其实到公路边的庄稼地里什么也没有做，只是很随意地逗留了一会儿。”

冰峰话音未落，全场一片哗然，大家纷纷问道：“你为什么要这样做，是不是很无聊？”

冰峰不经意地笑道：“我这是为各个媒体的弟兄们着想——捕风捉影正是娱记们的拿手好戏，我理应帮忙，给他们留下一个尽情发挥的空间才是。再说，我们这些当红歌星也不能忘记时不时地制造一些新闻出来。”说到这里，冰峰自己先笑了，歌迷们也跟着哄然大笑起来。人们发现，前来采访的“娱记”们也在笑，不过，多少有点尴尬。

赏 钱

除夕之夜，滨江市发生一起杀人抢劫案。两名持枪歹徒杀死一名、杀伤一名银行值班人员后，抢得现款 18 万元，连夜逃窜。

警方迅速调集警力，全力展开搜捕。元宵节这天，一名歹徒落入法网，另一名绰号叫黑皮的歹徒仍在逃。

上级要求不遗余力，限期破案。警方发出悬赏公告，明确承诺:提供有价值的信息者,奖励 4 万;当场擒获歹徒者,奖励 6 万。

按理,重赏之下必有勇夫。可是,一时间侦破工作仍无明显进展。离上级规定的期限没有多少时日了,警方承受的压力可想而知。

端午节这天深夜,“110”接到报警。报警者自称是歹徒黑皮的父亲。他说,今天夜里黑皮潜回老家,说是为了看一眼自己的老父亲和女儿。现在黑皮正在房间里熟睡,房门已被他的老父锁上。黑皮的父亲请求“110”火速赶到。

不一会儿,荷枪实弹的武警好似神兵从天而降。他们撞开锁着的房门,把还在梦乡中的黑皮活活生擒。黑皮的枕头下,正放着一支子弹上了镗的“五四”式手枪;床边是一只密码箱,里面装着 9 万多元现钞——这是黑皮用剩的赃款。

黑皮的父亲抱着小孙女,默默地站在墙角看着这一切。跟踪采访的市电视台记者找到这位大义灭亲的老人,问他想说点什么。老人说:“我什么都不想说,我只想早点拿到那笔赏钱。为了这个挨千刀的能够人模狗样地活在世上,我已经背上了 3 万多块钱的债务。我要用那笔赏钱把债还上,剩下的要……要留给咱孙女读书,她妈妈……已经……已经不要她了……”

老人说着,嘴唇不住地颤抖着。

疤　痕

我的家乡在苏北的黄海边上。潮起潮落，大海留下一片茫茫的滩涂。滩涂上到处是宝，特别是到了冬季，满眼都是枯黄的茅草和挺拔的芦苇。海风一吹，“哗哗”作响，恰似海涛滚滚而来。

冬天是农闲季节。稍有点门路的人家男劳力都到滩涂上“管滩”。所谓“管滩”，实际上就是安排收割茅草和芦苇，当然，也有预防火烛的责任。收割茅草和芦苇的活计，大多由从附近兴化那边过来的女劳力完成。她们称之为“下海剐草”。茅草和芦苇收割好了，她们可以分成到一部分，然后运回去烧砖瓦或是盖房子。

滩涂上小港子、鱼丫子很多，人走得不好就会迷了路，如果没有人接应，三朝五日走不出那是常事。一天，兴化那边过来的一个女人就钻进了港子里。她在芦苇丛中摸索了半夜也没摸得出去，反而撞到了一个“管滩”人的草棚子里。

这个“管滩”的男人倒很仗义。他不但收留了这个兴化女人，而且让她睡在自己的地铺上，自己钻进茅草堆里过了一夜。天亮了，女人要走，他要她别走，就在草棚子的附近割。反正他是“管滩”的，有权安排。女人自然感激不尽。

太阳从黄海里跳出来了，天也暖和了许多，灿烂的阳光下，女人挥舞着镰刀，使劲地割着，男人则坐在一旁的芦苇捆子上痴痴地看着。

不一会儿,女人出汗了。她索性脱掉了外边的花洋布褂子,只穿一件线衫子。也许是线衫子太小的缘故,女人顿时曲线毕露。要命的是她并不知道这一切,反而使劲地割着芦苇,随着手臂的摆动,丰满的胸脯也就跟着一晃一晃的。男人的眼睛发直了,心跳也不断加快。他跑过去,猛地把女人拦腰抱住。女人并不感到突然,她顺势倒在男人的怀里,两人一起滚进茫茫的茅草丛中。

这时,有一个猎人端着猎枪,正在滩涂上搜寻着猎物。滩涂上有野獐、猪獾、野兔、野鸡之类的野味,猎人每天的收获一向可观。突然,他看到远处的茅草丛中,有两个红点子在一颠一颠的,很像是什么野禽的头。"肯定是两只野鸡!"猎人心中一喜,顺手一扣扳机……

"砰!"猎枪响过,便是"啊"的一声惊叫。猎人冲上前去,只见一个女人蜷成一团,浑身发抖,那两个红点子,原来是她脚上穿的红布鞋。刚才做那事时,她的两只脚翘得很高,一直搭在男人的肩膀上。男人光着下身,瘫在茅草地上,屁股上血肉模糊。他慌慌张张地对猎人说:"没……没事,还好,猎枪的散弹只打在我的屁股上……"

……

若干年后,兴化那边一个男青年来我家乡寻亲。他在街头巷尾到处张贴寻亲启事,上面写着:"我父,身高一米七十左右,年龄40至50之间,特征是屁股上布满猎枪散弹打过的疤痕……"

问题出在拍摄上

那年为了爱情,我从省电视台来到女朋友家乡所在市的电视台新闻部当摄像记者。

此时,各级电视台都在进行新闻改革,我们台当然也乐于“赶时髦”。台里为了强化现场报道,将记者重新组合,我和杨芹小姐被编成一组,报道时她手持话筒出形象,我肩扛摄像机卖苦力。其实,卖苦力倒也罢,只是杨小姐身材矮小却肥胖臃肿,脸大如盆却眼小如鼠,长得实在让人不敢恭维,这样,再好的新闻播放出来也收不到应有的效果。后来有人告诉我,说是杨小姐是市委杨副书记的女儿,本来只是市电台的播音员,因为耐不住寂寞,刚刚从幕后走向前台。我这人生性耿直,管她是谁家的“千金”呢,径自找到王台长,要他给我换个伴。王台长白了我一眼,说:“难道你说人家不行就不行了?”我说:“如果还有人说不行呢?恐怕到时你还是不敢给我换,谁叫人家杨小姐的老爸是管你的官呢。”

“我怕什么?”没想到王台长根本经不了我的激将,他说,“只要有人说她不行我就给你换,哪怕只有一个人说她不行。”“好,我们一言为定!”我激动极了,就差和王台长拉勾上吊。

机遇真的来了。

这天沙河市搞一个庆典,市委宣传部李副部长亲自带着一辆丰田面包来接我们记者。忙碌了一阵之后,我们都拎着摄像机上了车。王台长是受邀前去参加庆典的嘉宾,他说坐面包车比坐小轿车舒服,也跟着我们上了丰田面包。

几番寒暄之后,李副部长一边就着不离手的茶杯喝着浓茶,一边打开了话匣子。他凭着和王台长是多年的老朋友,便毫无顾忌地说:“老王啊,你们台里什么都好,就是那个杨芹小姐的形象不好,这就叫‘听了她的音,激动我的心;看了她的人,吓掉我的魂’,哪能让她出形象啊。”李副部长话音一出,大家全都愣住了,因为杨芹小姐就在我们这辆车上,只是她一上车就坐在后排埋头看一本什么情爱小说,我估计李副部长根本就没有注意到她的存在。此时,我却幸灾乐祸起来,台长不是说只要有一个人说她不行就给我换人的吗?我故意大声说道:“李部长,杨芹小姐就在我们车上,你不妨看上一眼,让我看看是不是可以吓掉你的魂?”说着,我扫一眼杨小姐,又朝李副部长做个鬼脸。杨小姐显然已经听到了我和李副部长的话,只见她把书往座位上一扔,猛地站起身子,大声喝道:“李部长,你在不负责任地瞎议论什么?你不要以为我不认识你!”

“这,这……”李副部长和杨小姐面面相觑,十分尴尬。然而,他并不回避杨小姐的目光,而是把杨小姐从头到脚打量一番,像哥伦布发现新大陆似地对王台长说道:“有问题,有问题啊老王。”王台长实在不知道有什么问题,他对李副部长点点头,说:“你说,有问题你尽管说。”李副部长指着杨小姐,有板有眼地说道:“你看人家杨小姐,要风度有风度,要气质有气质,和中央电视台的那些名角差不了多少,可是荧屏上的形象和真人差别怎么这么大呢?依我看,问题肯定出在拍摄上!”王台长对我使了下眼色,说:“这就是我们的摄像记者。”李副部长对我看看,不由自主地摇摇头,咂咂嘴……

从沙河市采访回来，我就被王台长“请”去谈话了。他向我宣布了台里的决定，让我交了摄像机，到机房值机去。他说，台里之所以做出这一决定，主要是尊重基层同志的意见，叫我不要有什么想法。是啊，既然基层同志认为我拍摄有问题，我还有什么资格扛摄像机呢？

谁是凶手

化工厂王厂长突然患上急病，生命奄奄一息，被紧急送往市人民医院。还好，经过医生们的全力抢救，王厂长终于捡回了一条性命。

市公安局刑警大队李队长带着两名刑警走进了王厂长的病房。由于几天的治疗，王厂长精神好多了。李队长对王厂长说："经过医生诊断，确认是食物中毒差点要了你的命。你怎么会食物中毒的呢？请你配合我们的调查。"

王厂长回忆说，那天他特别高兴。因为会计告诉他，今年厂里可以稳赚上百万。一高兴，他就让妻子做了几个小菜，喝了两杯。他说，总不会是自己的妻子想要他的命吧。

李队长问道："你怀疑是谁向你下的毒手呢？"

王厂长擦一下额上的汗，说："我看有两个人。一个是我们厂里的工人张大海，另一个是我们化工厂的邻居陈小春。我怀疑是他们俩，或者是他们中间的一个悄悄地向我的菜里下了毒。"

"你为什么怀疑是他们？"李队长边往笔记本上记着边问道。

“张大海前不久得了白血病，他说他得病与长期在我们厂工作有关，要我们承担责任，我当然不能同意，我估计他一直怀恨在心。”王厂长说。

“那你又凭什么怀疑陈小春呢？”李队长继续问。

“我刚才说过，陈小春是我们厂的邻居。”王厂长喝一口水告诉道，“他说我们厂影响了他们一家的生活，还影响他们家田里庄稼的生长，多次带人到我们厂闹事，上次还和我打了一架。”

“好的，我们会认真调查的，一有结果就来通知你。”李队长说。

“你们要帮我尽快把凶手抓起来，你们要替我申冤啊。”王厂长冲着李队长远去的背影叫道。

三天之后，李队长又带着那两个刑警走进了王厂长的病房。

“凶手抓住了吗？”王厂长急切地问道，“是张大海还是陈小春？”

“不是张大海，也不是陈小春。”李队长安慰道，“你先别着急，听我把调查的情况告诉你。”

同来的一位刑警把一份材料递给李队长。李队长对王厂长说道：“经查，你是吃了你家保姆从城中菜场买回来的一条有毒的青鱼而中毒的……”

“我家保姆又是从谁的手上买回这条有毒的青鱼的呢？”

“是从鱼贩子唐小二的手上买回来的。”

“唐小二又是从谁的手上得到这条有毒的青鱼的呢？”王厂长非常想知道结果。

李队长说：“是从一直以捕鱼为生的孙有余的手里得到的。而孙有余告诉我们，这条有毒的青鱼是从你们厂里附近的河里捉到的……”

“我们厂附近河里的鱼有毒?”王厂长不解地问道,“怎么会就有毒了呢?”

“这个问题你得问你自己!”李队长严肃地说,“据我们调查,你们化工厂一直污染严重,张大海、陈小春他们确实深受其害,环保部门也多次发出整改通知,可你却我行我素,并且经常偷偷地向河里排放污水,河里的鱼要么死了,要么变成了有毒的鱼……”

“这么说,谋害我的凶手是我自己?”王厂长长叹一声,一下子瘫倒在病床上。

市长和我们在一起

今年“五一”,经过反复论证,我开办了一家面向广大工薪阶层的饭店,并取了一个通俗好记的店名——“吃得起酒家”。然而,让我始料不及的是,尽管工薪阶层的消费市场很大,店里的设施很好,收费标准也很低,但生意却极不好。目前,我快支撑不下去了,转让广告都已经准备好了。

这天晚上有几个外地战友出差路过我市,要我当个向导,带他们逛逛市容,我当然不好推却。

“的士”载着我们在市区的大街小巷里游动,战友们不住地为美丽的夜景啧啧称道。虽然生活在这座城市里,但我平时却很难得有逛夜景的闲情逸致,就是现在心里也在想着我那不景气的“吃得起酒家”。

“的士”拐了一个弯,开进一条小巷。突然,我眼前一亮,只见不远处也有一家“吃得起酒家”，门前灯箱上“工薪消费，贵宾享受”几个大字格外引人注目。让我感到惊讶的倒不是它和我开的饭店名字相同，并且也是面向工薪阶层，而是这家饭店的门前停满了出租车、摩托车、自行车，人们出出进进，熙熙攘攘，让这条狭窄的小巷变得热闹非凡。显然，这家饭店的生意异常红火。我情不自禁地大叫一声“停车”，没等“的哥”反应过来，就拉开车门，跳下车子，直奔“吃得起酒家”而去。那几个战友以为我要在这里请他们吃顿夜宵，连连说“在你自己饭店吃不行吗”，也不可思议地跟在我后面走了进去。

饭店内高朋满座，想进包厢肯定是不可能的了，好不容易我才在大厅靠近过道的地方找了个座位，随意点了几个菜，上了几瓶啤酒，让战友们吃起来，然后我就用心地“考察”起这家饭店的内部设施、服务质量，我要寻找它生意红火的奥秘。

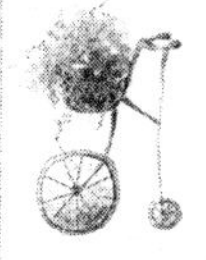

突然，大厅内响起一阵热烈的掌声，不少人还一边鼓掌，一边从自己的座位上站了起来。诧异中，我发现一个身体微胖，目光炯炯，很有一些风度和气质的中年人手端高脚酒杯，在一个干部模样的人的引导下走了进来。让我万万没有想到的是，他首先走进了我们的席位，亲切地说道：“大家辛苦了，我敬大家一杯！”他是谁？为什么要敬我们的酒？细细看看那人我似曾相识。对了，我想起来了，他原来是我们市里的杨市长，电视上我们经常看到他。“谢谢杨市长！”我受宠若惊地碰碰杨市长伸过来的酒杯，将满满一杯啤酒一饮而尽。同时，我也不失时机地把战友们介绍给了杨市长，心里还不由升起几丝得意。

杨市长走到我的战友身旁，握握手，连称“欢迎你们，欢迎你们”。能得到市长热情接见，战友们激动极了，他们还拿出照相机，和杨市长合影留念。这时，不少宾客都向我们这儿拥来了，争着和杨市长握手碰杯。杨市长不无遗憾地说:“不能再陪你们了,我得到其他席位走走,欢迎你们下次再来!”说着,再和我们一一握手过后,才在那位干部模样的人的引导下端着高脚酒杯,向大厅中间的人们走去。

看着杨市长的身影,我一下子明白了这家“吃得起酒家”生意红火的奥秘了。原来,杨市长与它有关系啊!他不但在幕后做它的后台老板,而且直接走上前台进行捧场,怪不得我那“吃得起酒家”生意不好。“真他妈的让人羡慕。”我不由自主地向杨市长投去嫉妒的目光。

此时,杨市长还在一桌一桌地敬着酒。他十分谦逊,不管男女老少,总要主动用自己的酒杯和他们的酒杯碰一碰,并欠一欠身子,请人们喝下去。让我不能理解的是大多数宾客看到杨市长并不紧张,他们似乎把他当成了相熟已久的好朋友。有几个宾客还不满足杨市长只是对着酒杯抿一抿,硬是“逼”着杨市长把杯中的酒饮干净。

突然,一个满脸络腮胡子的青年人叼着香烟一摇三摆地晃到杨市长身边,直着嗓门对着杨市长嚷起来。由于离得较远,加上人声嘈杂,我听不到络腮胡子到底在责问杨市长什么,但是明显感觉到杨市长原来有一个好脾气。不管络腮胡子怎样嚷着叫着,他一直面带微笑倾听着。哪知络腮胡子并不罢休,他把烟头往地板上一扔,顺手拿起桌子上的一杯白酒,猛地向杨市长脸上泼去。大厅内顿时躁动起来,几个老人赶忙跑来把络腮胡子拉开,那个干部模样的人也赶紧找来几张面巾纸帮杨市长把脸上的酒擦干净。杨市长显得十分尴尬,他挥挥手,欠欠腰,在喧闹声中随着那个干部模样的人离开了大厅。

眼前的一幕让我和我的战友惊呆了,他们觉得杨市长真有点作践自己。可不是嘛，自己毕竟是一市之长，平易近人可以，但也不能一点尊严也不顾啊。而我，却感到那个络腮胡子简直太放肆。我是一个眼里容不得半点沙子的人，十多年的军营生活养成了我“路见不平一声吼”的本性。我满怀气愤地走过去，对络腮胡子冷笑道：“你这样对待我们的杨市长，不觉得有点过分吗？”“这有什么过分的？”青年人晃着二郎腿，一副无所谓的样子。“你这样还不过分？”我大声吼道，真想给他一拳。“是啊，不过分啊，人家愿意，你也可以对他发发脾气呀。”青年人仰着头，看也不看我一眼，毫不经意地说着。“即使人家愿意你也不能这样，他是堂堂的市长，我们的父母官。”我火了，一拳砸在桌子上。

“哈哈哈……”满大厅的人听了我的话，一下子都笑了起来，我莫名其妙地看着他们，弄不清究竟什么惹他们如此开心。一个胖大嫂问我今天是不是第一次到这酒店来。我点点头。“怪不得，怪不得你啊，还是我来告诉你吧，刚才那个人不是杨市长！”胖大嫂对我说道。“那人不是杨市长？不信，打死我也不信。”我争辩道。

“哈哈哈……”周围的人全都笑开了。人们七嘴八舌地告诉我，那个人原来是市电机厂的下岗工人，一次朋友带他到这家酒家吃饭，酒家老板发现他和我们市新调来的杨市长不但长得一模一样，而且言谈举止十分相像，简直到了出神入化、以假乱真的地步，顿时闪现一个灵感，便以高出别人好几倍的薪水雇用了他。他的工作其实很简单，就是每天晚上来酒家为客人们敬敬酒。“市长敬酒”成了“吃得起酒家”的特色服务。不过，为了不惹上麻烦，他从来不自称市长，人家称他市长时也只是不置可否地笑笑。

“这么说，你们都知道这个市长是假的了？”我禁不住问道。

“是啊，只要来过的人都知道。”人们说，“只有你们第一次来的人还蒙在鼓里。”

“既然知道是假的，为什么还要心甘情愿地上当受骗呢？”我忍不住摇摇头，十分不解地问道。

顿时，大厅内变得非常安静。过了好一会儿，一个长相憨厚的中年人才深有感触地说道：“这个市长好啊。他一点架子都没有，我们有话要说，有气要出，有火要发，都可以冲着他来。真的市长我们老百姓见不着，和这样一个假市长零距离接触，让他为我们敬敬酒，让我们和他说说话，出出气，发发火，心里痛快。人生在世，不就图个痛快吗？”

“这，这……”我仍然无法理解。

这时，我的几个战友不知什么时候来到了我的身边，他们说：“这有什么不好理解的，观众和演伟人的特型演员在一起，不是也非常激动吗？”

“这倒也是。”我点点头。我相信，我已经弄清楚了这家酒家生意红火的真正奥秘了。

网上猎艳

到深圳打工两年，我的情况终于发生根本改变，不但升迁为公司人力资源部副主任，而且工资也翻了番，收入成倍增长。我决定到外边租一套面积大一点、设施全一些的房子居住，从而结束长期以来住集体宿舍的历史。在朋友的帮助下，我很快地租到了一套公寓。这套公寓足有九十平方米，两个房间，外加会客室、餐厅。搬进来住的那一天，我激动得一夜没有能够合上眼。

人啊就是怪。自从搬进公寓居住，我就感到特别寂寞，这在住集体宿舍时是从来没有过的。我把这情况和好朋友阿勇说了，他先是神秘地笑了笑，随后建议我不妨找个异性来合住。他说，在现在的白领阶层中，这是最时髦的。他还告诉我一个秘密，他的妻子就是他当年的合住室友。

这个主意真的很不错。我虽然年届三十，但至今没有尝过女人的滋味。当然不是我不想，而是一直没有机会。现在找个异性来合住，朝夕相处，必然日久生情，说不定还能成就一番好事。即使将来不能相依相伴，对我来说，除了多花一些钞票以外，也不会有其他什么坏处。

反正，就像中国加入 WTO 一样，利远远大于弊。然而，合住女友到哪里去找呢？阿勇说，网上多的是。再说了，你找的是“合住”女友，不是“合租”女友。不要花钱就能有个房子居住，这样的女友很容易就会找到的。

在阿勇的指点下，我真的上网去找了。过去我虽然也经常上网，但是从未留意过这方面的内容。在网上折腾了好长时间，我才在一家叫“吾家宝贝”的网站看到这样一张帖子——美美小姐，正值青春年华，难耐空虚寂寞，有意结交异性，发展友谊爱情，或同游，或同住，悉听尊便。有意者请致电。

看完这张帖子，我顿时就感到晕乎乎的。我也正值青春年华，我也难耐空虚寂寞，她不但愿意同游，而且也愿意同住，难道我交上桃花运了？虽然已是半夜时分，但我还是忍不住拨通了电话。“你找谁呀？”让我料想不到的是，一个成熟男人的声音差点把我吓坏。“我……我找美美小姐。”我结结巴巴地说。“哎呀，现在是什么时候了，美美早就睡了。”还好，那个男人的态度不错。我也不能不懂礼貌，给人家留下不好的印象。我说：“这么说你就是伯父了。我看到‘吾家宝贝’上的那张帖子了。时候不早了，我就不打扰您了。”“没什么，那你就明天再打电话吧。”“好的，好的。”虽然有些遗憾，但我还是高兴的。因为通过电话我得到证实：美美确有其人！

第二天我就再也无法认真工作。上午十点刚过，我又打去电话。接电话的还是那个男人。他显然也听出了我的声音，不好意思地说：“真的很不巧，美美陪她妈妈到公园里散步去了。”真是运气不佳，但是我不能不沉住气。我说：“伯父，您看我什么时候再打电话呢？”男人沉思片刻后，问道：“你就在本市吧？”“是的是的。”我忙不迭地说。其实，从美美家的电话号码我早就看出，我和她就生活在同一个城市。听到这些，男人很干脆地说：“这样吧，明天上午我们在街心公园见面。”“好的，好的。”美美的爸爸太善解人意了，我赶快答应道：“一言为定，一言为定。”同时，为了到时好找，我留下了我的手机号码。

这天夜里我又是一夜没有能够合上眼，我不停地想象着和美美见面的情景。天还没亮我就起床了。我穿上新买的那套全毛西装，把头发梳得贼亮，很有风度地向街心公园赶去。八点刚过，我的手机便响了起来。美美的爸爸问我来了没有，他说他们正在人工湖边的那棵大柳树下等我。我说我马上赶到。顾不上再把头发梳理一下，我赶快向他们那里赶去。

人工湖边的大柳树下，正站着一对中年男女，我知道那就是美美的爸爸妈妈。我走上前去，很有礼貌地说：“伯父伯母好！”然而让我诧异的是，怎么不见美美呢？也许是看出了我的心事，美美爸爸对美美妈妈说：“让美美过来吧。”美美妈妈向远处吹了一个口哨，打了一个手势，不一会儿一只浑身雪白的哈巴狗便摇摆着身子跑来了。我想，这只哈巴狗肯定是和美美一块在外边玩的，它来了，美美马上也会来的。然而，等哈巴狗来到我们的身边，我也没看到美美的影子。

这时，美美爸爸说道："瞧，我家美美漂亮吧。"说着，把那只哈巴狗抱进怀里。

"什么，这就是正值青春好年华的美美小姐？"我尤如晴天霹雳，一下子愣在那里。

"是啊。它是一只两岁的雌狗呀。"那个女人一边梳理着哈巴狗的毛发，一边说道。

"可是，可是你们为什么说你们是它的爸爸妈妈？"我还是不解。

"难道你不把你家的宠物当作孩子养吗？"美美妈妈说着，并问道，"你怎么没把你家的宠物带来和美美见面？"

"我……我……"我窘得一句话也说不出。他们似乎也看出了什么，忍不住哈哈大笑起来，那只该死的宠物犬美美也跟着他们"汪汪"地叫着。

我的气不打一处出。我气愤地说道："你们不该在那个网站上发那么一张帖子，你们更不该如此捉弄人！"

"那个'吾家宝贝'本来就是一个宠物网站嘛，我们在上面发那样一张帖子有什么错呢？"

那个男人理直气壮地对我说道，"我们只想给美美找个伴，谁想捉弄人了？"

连续报道

以下报道从5月20日开始,便陆续见诸《生活空间报》。为阅读方便,现摘录于此。

天下奇闻　公鸡生蛋

本报讯(通讯员夏丙)5月15日早晨,江城县河海镇沟陡村村民高有财家的一只公鸡生了一只双黄蛋。公鸡生蛋,人人称奇,连村中今年98岁高龄的张大爷也说从来没见过。据主人介绍,这只生蛋的公鸡今年两岁,身高体壮,每天清晨、中午、晚上都正常打鸣,不过声音不够嘹亮,略带一点沙哑。除了不愿与母鸡接触以外,这只公鸡并无其他异常。到发稿时,本报未接到这只公鸡再次生蛋的消息。

——以上摘自5月20日第四版

专家决定考察生蛋公鸡　本报特派记者随行报道

本报讯(记者胡宙)本报昨日刊登的《天下奇闻,公鸡生蛋》一文,在读者中引起极大反响,省家禽研究所的专家们对此也表现出极大的兴趣。专家们认为,公鸡生蛋本身就具有极高的研究价值,何况生的又是双黄蛋。在本报的积极倡议和大力资助下,“公鸡生蛋课题组”已经成立,不久将前往江城县河海镇沟陡村实地考察。课题组由五名专家组成,省家禽研究所所长徐敏教授任组长，副所长吴平副教授任副组长。为及时报道专家组的考察研究情况，本报决定特派记者独家跟踪报道，请读者留意。

——以上摘自5月22日第一版

考察组抵达江城

本报江城5月24日电（记者骆白）由省家禽研究所所长徐敏教授任组长的“公鸡生蛋课题组”今天晚上顺利抵达江城县。那只生蛋的公鸡就生活在该县的河海镇沟陡村。虽然旅途劳累，但专家们仍在做着明天实地考察的各项准备工作。记者看到，他们有的在反复推敲考察计划，有的在翻阅资料。吴平副组长在摆弄着一只鸡笼。他告诉记者，他将争取把那只公鸡带回研究所进行跟踪研究。据江城县科委陆主任介绍，河海方面已经得到专家前来考察研究的消息，他们正期待着课题组的到达。

——以上摘自5月25日第一版

愚昧农户怒斩公鸡　专家教授深感遗憾

本报江城5月25日电（记者骆白）今天上午十一时，“公鸡生蛋课题组”一路颠簸来到河海镇。然而，出人意料的是，那只生蛋的公鸡已被主人高有财斩杀，那只双黄蛋也被高有财扔进茅坑。对此，课题组的专家教授们个个表示：“太遗憾了，太遗憾了。”他们呼吁，必须大力加强科学知识的宣传普及。

记者采访了高有财。问起为何要杀掉那只生蛋公鸡，高有财说：“自古只有母鸡生蛋，公鸡生蛋肯定不会吉利。不吉利的公鸡我留它干什么？”

在沟陡村，记者见到了第一个报道“公鸡生蛋”的本报通讯员夏丙。据介绍，他是回乡知识青年，平时爱好采写新闻报道，已

在本报和其他一些报刊发表新闻作品80多篇。夏丙曾找来一把长柄耙子,试图到茅坑中打捞那只双黄蛋,可惜没有成功。

由于公鸡被斩,双黄蛋被扔,由本报积极倡议和大力资助进行的"公鸡生蛋课题组"的考察研究工作受挫,专家教授们打算明日便回省城。课题组是否撤销,徐敏组长表示,待回省城后与本报领导协商后再作决定。

——以上摘自5月26日第一版

公鸡生蛋再生新闻　有人揭发夏丙胡扯

本报讯(记者吴一华)昨天上午,一男青年专程来到本报群工部。他对接待人员说,前段时间本报刊登的公鸡生蛋的报道,是一则假新闻。

来访者称,他与假新闻的始作甬者夏丙是同村人。夏丙一向以编造假新闻为业。所谓的公鸡生双黄蛋,其实是连影子也没有的"天方夜谭"。夏丙不但胡编了事件,而且胡编了若干细节。例如,全村年龄最大的人只有88岁,根本没有98岁的张大爷存在。不过,高有财确有其人,但他是夏丙的舅舅。来访者揭发说,高有财对专家教授们和记者说的那些话,都是夏丙编好以后教给他,让他说的。据说,事后夏丙曾给了高有财50元钱,算是"劳务费"。

对来访者的揭发,本报领导非常重视,决定再派记者实地调查。有关详情,请留意本报。

——摘自6月2日第一版

……

(注:目前,《生活空间报》由公鸡生蛋生发的连续报道仍在进行,读者如有兴趣,不妨找来该报看一看,我们已没有精力继续摘录下去了,还望见谅。)

接电话

马领导官越当越大,找他的电话也越来越多。为此,他烦得很。所以,他的手机正常关机,办公室里的电话也不轻易接听,而是由秘书了解情况后再作决定。

这天,马领导正在办公室里看文件,突然电话铃响了。

秘书拿起电话,问道:“喂,找谁?”

“我找我舅舅,他是你们单位的马领导。”电话里传来一个男子的声音。

秘书捂紧话筒,轻轻地对马领导说:“领导,是你外甥。”

“不接!”马领导头也没有抬一下。

“他不在。”秘书心领神会,随手搁下话筒。

不一会儿,电话铃又响了。

“找谁?”秘书拿起电话。

“我找马领导,我是他当年的学生。”电话里传来的也是一个男子的声音。

“领导,你当年的学生找你。”秘书知道马领导当过几年老师,有不少学生。

“不接。”马领导仍然在看他的文件。

“不在。”话筒又被秘书搁下。

又过了一会儿,电话铃再次响起。

“我找马领导。”秘书拿起电话时,话筒里传来的还是一个男子的声音。

“对方说要找马领导。”秘书很熟练地捂紧话筒，告诉道。

“不接。”马领导只顾在文件上签着自己的名字。

“不在。”秘书“啪”的一声搁下话筒。

安静了不到一刻钟，电话铃又急促地响起。

“小马在吗？”秘书拿起话筒时，听到的仍然是一个男子的声音，不过比前几位低沉得多。

“领导，对方说要找小马。”顾不得捂住话筒，秘书赶紧报告。

“找我？”马领导把文件往桌子上一扔，“腾”地一下跳起，拿过话筒，满面堆笑谦恭地说道：“我是小马，请问您是哪位首长？”

“舅舅，我是你外甥啊。”一个男子的声音传进马领导的耳朵，“请您原谅，我这样叫您实在是没有办法。我想了那么多办法，打了那么多电话，都没能……”

“胡闹！”马领导重重地把话筒搁下，阴沉着脸，重新坐回沙发。秘书愣在一旁，看也不敢看他一眼。

第四辑

生命咏叹

谁的眼泪在飞

学安全生产管理的伊凡大学毕业，被招聘进了一家国有企业从事安全生产管理工作。单位不错，还专业对口，伊凡很是满意。

上班没多久，省安监局举办国有企业安全生产管理人员培训班，作为新入职的同志，单位安排伊凡参加培训。

根据通知要求，伊凡来到省安监局下属的一家培训中心接受培训。这家培训中心规模不是很大，条件也不是很好，并且地处偏僻。说实话，以前伊凡根本不知道还有这么个鬼地方。

和任何培训班一样，无非就是领导做做报告，专家搞搞讲座，非常枯燥。好在只有三天时间，这样的日子伊凡觉得还是可以熬下来的。

伊凡有一个爱好，就是每天晚上都会出门跑步。上大学时他就是班上有名的“暴走一族”。晚饭过后，在宿舍上了一会儿网，他便换上运动鞋，走出培训中心。

培训中心的门前只有一条山路，不宽，而且起起伏伏。路的一侧有一排路灯，但损坏得很严重，有的亮，有的不亮，还有的一会亮一会不亮，像打疟疾一样。再往前走，山路越来越窄，起伏越来越大，路灯也不知什么时候完全消失了，只有路的两旁树密草深，风一吹“哗哗”作响，让人心底里发毛。

尽管还没有跑到足够的路程，但伊凡没有足够的胆量往前跑了。他站在路边撒了泡尿，决定立即掉头往回跑。

突然又是一阵风吹来，伊凡不由打了个寒战。几乎是在同时，他听到路的左侧不远处传来一阵人的哭声。

伊凡以为自己听错了。他屏住呼吸，仔细再听——不错，确实是人的哭声！他甚至还敢断定，那是一个年轻女人的哭声，一声紧似一声，撕心裂肺的。

这里是什么地方？为什么这个时候却有人在哭？伊凡犯疑了。他想弄个明白，可是人地生疏，又黑灯瞎火，他知道自己是没有办法弄明白的。

哭声还在继续。哭声伴随着风声，不能不让人毛骨悚然。伊凡的心被提到了喉咙口上，赶紧一路小跑，回到了培训中心。

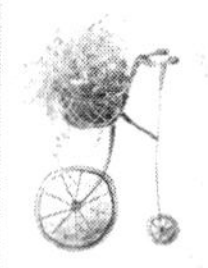

第二天，又是枯躁的培训。伊凡觉得这种培训简直就是浪费时间。对于那些领导，那些专家的讲授伊凡觉得不屑去听。在他看来，安全生产就是那么回事。他们讲的，大学课本上都有，他也都学过。

晚上，又一个晚上开始了。按照惯例，伊凡上了一会儿网后又换上运动鞋出门了。他不是没有想起昨晚那场景那哭声，他也想重换个路线，可是这里实在是偏僻，简直就是另一种荒凉，没有第二条路线可以选择。也真是，那哭声与我跑步有什么关系？我的跑步怎么可能受那哭声的影响？当然，他也想看看今天是不是还听到哭声。年轻人嘛，谁没有个好奇心。这么想着，伊凡便又踏上和昨天一样的路程。

伊凡一路小跑，不一会儿便出汗了。再往前跑，便是昨天的折返点了。是继续，还是折返？伊凡犹豫起来。不急，先撒泡尿再说。伊凡刚刚站定，突然，一阵紧似一阵的哭声又从昨晚那个地方传了过来。

伊凡再听，觉得这哭声和昨晚听到的哭声是有区别的。昨晚听到的是一个女人撕心裂肺的哭声,今天听到的却是好几个人的哭声,有老有少,有男有女,如泣如诉……这哭声直往人的心里钻,让人不寒而栗。伊凡不敢再听,不敢再想,只有赶紧往回奔。

天一放亮,大家就开始收拾行李,伊凡也不例外。因为今天是培训的最后一天,内容只有一项,就是到一安全生产事故警示教育基地接受教育,然后就可以各奔东西了。

两辆中巴载着参加培训的所有学员,沿着培训中心门前的山路一颠一跛地前行着。在路灯消失的不远处,中巴折进了一处被树木和杂草覆盖着的地方。伊凡发现,前两晚自己听到的哭声就是从这儿传来的。

中巴停了下来。伊凡放眼看去,这里残垣断壁,和刚刚经历过一场浩劫没有什么两样。见大家都站定了,培训中心的王主任开腔了。他说:"学员同志们,这里原来是一家金属制品厂,四年前发生过一起由金属粉尘爆炸引发的重大生产安全事故,29 名工人瞬间成了冤魂,昔日红红火火的企业也全被毁了……后来,这里成了我省的生产安全事故警示教育基地。"学员们神情凝重,全神贯注地倾听着王主任的讲述,迈着沉重的步子,在王主任的引导下参观。

走在这家企业的废墟上,伊凡浑身汗毛直竖,那两晚听到的哭声总是在他的耳边萦绕,挥之不去。这时,他看到一个年约六旬的老人坐在一间挂着"传达室"门牌的小屋前看着他们这些参观的人,便悄悄地走了过去。

老人耳朵不好使,比画了半天,伊凡才弄明白,老人原来就是这家企业的看门人。事故发生时,巨大的爆炸声震坏了他的耳朵。事故发生后,他没有离开,依然在这里看门。当然,不再是为企业看门,而是为警示教育基地看门了。

伊凡继续对老人比画着。他想问老人，这里是不是经常听到哭声？到底是谁在哭？

又是好一阵比画，老人终于明白了。他告诉伊凡，确实有人说过，天黑之后经常从这里传出哭声。但是，他听不到。到底是那些冤魂在哭，还是……他更不知道。

回想着自己听到的哭声，伊凡忍不住又是一声长叹。

结束培训回单位之前，伊凡给培训中心写了一封信。他在信中建议，把参观生产安全事故警示教育基地作为培训的第一课。他觉得这样做，会让学员们更加认真地学习。

美容师

我的女朋友在C城工作，我几乎每个星期都要驾驶我那心爱的帕萨特到她那儿去。

沿江高速出口下来，便是C城的世纪大道。世纪大道穿过开发区，和C城紧紧相连。这几年C城实施区城融合发展战略，世纪大道俨然成为又一条漂亮的街道了。

世纪大道修得非常气派。双向十二车道，中间是间隔带，绿树婆娑，花团锦簇；两侧是用草坪、花卉、灌木、乔木精心打造的绿化带，一年四季都充满着生机和活力。每个城市都把高速出口连接城市的通道打扮得很漂亮，C城也不例外。

前面是十字路口，红灯亮着，我把车停了下来。谁在敲我的车窗？侧目一看，一个干瘦的老头不知从哪儿冒出来，正站在我

的车旁。他一边敲着车窗,一边向我讨好地笑着。我把车窗按下,问道:“干什么呢?”

听不清老头说什么,只见他讪笑着,手使劲地拉我的车门。

红灯正跳成绿灯,来不得半点耽搁,我只好打开车门。

老头蜷着身子,钻进我的车子。回头一瞥,只见老头穿一身浅蓝色的工作服,上有印有“C 城保洁”几个字样。我看出来了,他是世纪大道上的保洁工,每次到 C 城来我都会看到他们在忙碌,都特别担心车子会碰到他们。

“师傅,把你带到哪儿下?”我问道。

“折煞了,我们扫马路的哪敢称师傅啊。”老头激动了,不好意思地说,“我不下,麻烦你带我在这条路上兜一圈。”

我傻了。你这老头天天在这条大道上搞保洁,没看够吗?再说了,我难道女朋友不见陪你兜风?

见我一言不发,老头递给我一张十块的票子,脏兮兮的,乞求道:“也就兜一圈,我贴你油钱。”

碰到这样的老头,我只好自认倒霉,好在兜一圈也耽误不了多长时间。

见我同意了,老头很高兴。他一边向外看着,一边不解地问我:“干部们说,不管是三伏天还是四九天,不管是刮风下雨还是太阳当头,我们这条大道上面一张废纸都不能有,一片树叶也不能有,因为这是我们 C 城的脸面,必须漂漂亮亮干干净净。可是,可是我怎么看来看去还是一条路啊?”

“这么说,你让我带你兜一圈,就是为了看一看这条路还是不是路?”我和他开了句玩笑。

老头嘿嘿一笑:“说了不怕你笑话,我天天在这条路上做保洁,眼睛里看到的全是树上落下来的叶子,远处刮过来的废纸,车子里丢下的瓶子。干部们说,上面来的大干部都说我们这条路很好,我可从来没有坐上车子在这路上走过,好看不好看,漂亮不漂亮我还真不知道。”

见老头这么健谈,我也来了兴趣,不时插上一两句,问上一两句。

老头告诉我,他的家就在这附近,以前叫兴旺村,现在地被征了,房也被拆了,成了开发区。儿子去广东打工了,他们老两口就找了这份差事,都在这条大道上做保洁。他们的工作分上午班和下午班,上午班从早上 5 点到中午 2 点,下午班从中午 2 点到晚上 10 点,一个月 1300 块,工资拿种田比还可以。他负责的这一段有 16 根路灯杆子长,分大道、中道和小道,大道走四个轮子的,中道走两个轮子的,小道当然就是走人的人行道了。

这么说着,一圈很快就要兜下来了。突然,老头看到刚才上车的红绿灯附近,站着一个干部模样的人。他告诉我,那就是管他们的干部。如果发现路面上不干净,就会扣他们的工资。说着,老头不由紧张起来,但很快便又镇静下来,对我说:“我不怕他了,反正我明天就不做了。”

“不做了?”我似乎明白他为什么今天要我带着他沿着这条大道兜一圈了。不过,他为什么就不做了呢?

“我要到医院服侍我老太婆,她前天被车子撞了。”老头叹口气,“我们在这世纪大道上做保洁的,每天大道中道小道反反复复来来回回,一点儿不能分神,一分神老命就会送掉。不过,光我们不分神也没有用,人家开车的一分神,照样可以要了我们的命。那天我老太婆看到一辆车上扔下一个矿泉水瓶,赶紧去拾,后面的车子一下子撞上了她……”

“撞得严重吗?”我真的不放心。

“还好，两条腿都撞断了，但命保住了。”老头说，“拿人家比，她算菩萨保佑了。大前天和我们一起做保洁的王爹，被一辆开起来嗡嗡作响的车子撞了，当场就死了。唉，这条世纪大道上已经撞死好几个做保洁的了……”

“撞死好几个了？”这是我始料不及的。我只知道这条世纪大道很宽很漂亮，确实是一道美丽的风景，但根本不知道还有这么多不为人知的故事。

我把车往路边靠去，让老头下车。临了，老头合着双手，向我致谢。突然，却又冒出一句让我莫名其妙的话。

他说：“老板，你在C城有熟人吗？”

“咋了？”我问。

“如果有熟人，能不能请他帮我和干部说说，等我老太婆好了，还让我到这条路上做保洁吧。”老头说着，脸上全是期待的神情。

“他们不要你了？”我不解。

“嗯。”老头点点头，“干部说了，这条世纪大道每个段面每时每刻都不能离人保洁，就像人的脸面必须时时刻刻洗得干干净净，漂漂亮亮。我服侍老太婆最少得两三个月，人家得安排人顶我啊。”

“这……这……”我想说点什么，但不知说什么好。

“你放心，反正也不是为难人家，反正这条路上要用人，只要有人被车子碰了撞了，就通知我来顶上。我一定听干部的话，好好做，不偷懒，不马虎……”老头说得很诚恳，“对得起人家叫我……叫我们美容师……”

我，哑了。

订制女友

老婆正和健强闹离婚,几个月前就回了娘家。下班无事,闲得无聊,健强便和三朋四友一起吃饭吹牛。

那天,有人有意无意地聊起了健强的老婆蒋婧,说,那么漂亮性感的女人,你就让她在娘家荒着?健强喝了点小酒,有点小兴奋,不屑地回道,天涯处处有芳草,唯有女友最好找。她爱回不回,不稀罕。

咦,看来你有新情况。朋友们起哄了,你得如实招来。否则,今晚的菜钱酒钱全是你付。

健强扭扭捏捏,朋友们闹得更凶了。

此时,健强的手机"笛"的一声响,显然是有微信发来。朋友们一哄而上,三下五除二便把他的手机抢了过来。

健强急了,但急也没用。

朋友们打开手机。原来,微信是一个叫"如花"的好友发来的,强,你答应过我只喝一点点一点点酒的,是一点点一点点吗?早点回家休息,明天还得上班。你要乖哦。后面还附了一个猩红的嘴唇。

不得了,太甜太腻,太娇太媚。朋友们嘴里"啧啧"着,继续向前翻看——

天要降温了。强,你加衣服了吗?

马上要进车间了,你安全帽戴了吗?别说假话,要乖!

为了我，你不能蛮干啊，要听话哦。乖！亲一个！

……

再回过神来看“如花”的头像，眉清目秀，唇红齿白，看得出人如其名——如花！

老实交代，什么时候搭上的？

如此体贴男人的女人，还真不多见。你小子有福。

旧的没去，新的已来，还是你健强跟得上形势适应得了时代……

朋友们嘻嘻哈哈，咋咋呼呼。健强被大家包围着，一个劲地傻笑。

健强的老婆蒋婧确实漂亮性感。在健强看来，老婆以前还是不错的，无论是对他，还是对他们共同的家庭，都说得过去。但自从和她的老板钱总出了一趟差，一起去了北京几天，整个人就变了。

蒋婧在她的公司算不上一个人物，小小的职员而已，但从北京回来之后，经常被钱总带出去应酬，有时天快亮了才回来，身上除了香味就是酒气。

以前蒋婧总是把家里收拾得干干净净，但现在顾不上收拾了。健强上班累，蒋婧饭不做，连他换下来的衣服也不帮着洗。

蒋婧还不让健强碰她，说她对做那事不感兴趣。后来，干脆睡到了小房间，并把门从里面锁死。

一天，俩人吵架了，吵得有点凶。蒋婧当即回了娘家。没隔几天，便打来电话，约健强到民政局办理离婚手续。

健强没有理她。健强想，婚不是好离的，得把话说清楚。

蒋婧又打来过几次电话，依然还是约他到民政局办理离婚手续。还说，只要他签个字，其他都好说，她可以净身出户。

健强还是没有理她。健强的态度很坚决,她得向他道歉,承认她有过错——她和钱总的关系,他心里是有数的。

蒋婧“嘘”他,说健强那是侮辱她。后来,他们的关系就一直僵着。

这天,健强收到法院发来的传票,说是他的妻子蒋婧向法院递交了诉状,请求判决她和他离婚。并且,还请求法院将俩人的共同财产全判到她的名下。法院要求健强应诉。

老婆起诉到法院这是健强始料不及的。他倒要看看蒋婧要求离婚的理由到底是什么。

蒋婧诉健强离婚案法院公开审理,关心此案的人们按时走进了法庭。

法庭上,蒋婧一本正经激情澎湃地陈述着离婚理由——俩人的感情完全破裂!而这一切,全因为健强的过错。

事实,请提供事实。法官一字一板地说。

健强他有外遇了。蒋婧大声反问道,这还不够吗?

请说详细一点。法官依然一字一板地说。

健强和我还没有解除婚姻关系,但他就新交了女友。说这话时,蒋婧抹着眼泪,显得十分难过。

有证人吗?法官面无表情地问。

有!这时,一高一矮两个男人同时答道。健强好像在哪里见过这两个男人,但一时又想不起来。

那天我们一起吃饭,健强说“天涯处处有芳草,唯有女友最好找”。高个子男人说,后来他让我们看他的手机,我们就看到了他的女人发来的那些肉麻兮兮的微信。

我也看到了。矮个子男人说,当时我也在场。我记得那女人叫如花,长得蛮漂亮的。如花还要健强乖乖的,还亲了他……

看上去老实本分的健强竟然还有这一套？法庭内一片哗然，蒋婧的眉眼和嘴角高高扬起，斜睨着不知所措的健强。

不得大声喧哗！法官喝道。法庭顿时安静下来。

有这回事吗？法官问健强。

有这回事。健强脸涨得通红，老老实实地回答道。

这么说，你承认在和原告蒋婧婚姻解除之前，就新交了女友，并且关系暧昧。法官问道。

我是交了女友，但是……但是……健强急了，结结巴巴地争辩着，但是……但是不像他们说的那样。

那是怎样？法官直视着健强，你有证人吗？

我愿作证。这时，法庭旁听席上一位看上去五十多岁，戴一副金边眼镜，非常儒雅的男人站起身来，我叫金明，是健强所在公司的董事长。我要证明的是，健强是有一个女友，我们公司像他这样的男人也都有一个女友。

你要证明的是什么？法官诧异了。

金明认真地回答道：我要证明的是，他们的女友是我从网上为他们订制的，是虚拟女友。

安静！法官用威严将法庭的喧哗平息。随后，对金明说道，你要对你的证词负责。

是，我明白。金明动情说，自从妻子回了娘家，健强就像丢了魂一样，没精打采，自暴自弃，而他工作的岗位又具有一定的危险性，必须保持良好的精神状态，遵守操作规程，注意安全生产。否则，是容易出事故，出大事故的。无奈之中，我就从淘宝网上为他订制了一个贤妻良母型的虚拟网友，时时给予他关心关爱，处处提醒他安全生产。后来，效果十分明显，过去的健强又回来了。再后来，我又给和健强同样情况的工友们也都订制了虚拟女友。

这时，法庭内好几个男人不约而同地举起了手机，他们手机的微信里，都存有昵称不一、头像靓丽的女友……

请问，像健强这样的普通工人，为了他们的生命安全，不值得关心不值得关爱吗？妻子那里得不到的，从虚拟世界获取难道有过错吗？金明义正词严的话语在法庭里回响着。

老　土

老林是丰华集团的董事长，农民企业家。70 多岁的他搞企业 40 多年，见多识广，甚至还出国参加过 APEC 工商领导人峰会，但人们背后还是称他老土。对此，他只是笑笑，说，我本来就是个土生土长的农民，不叫老土叫什么？

前几年老土通过“猎头”公司聘用了一名总经理，自己从“台前”转到了“幕后”，开始享受生活。但是谁都知道，大事还须他拍板敲定。

集团整体搬迁到开发区了，展现在世人面前的是现代企业的崭新面貌，大家都说，老土这下出“土气”了。谁知老土却找来几名瓦工，正对着集团大门，砌了一面高五六米、长十多米的墙。砌好后还用水泥石灰认认真真地粉刷了几遍，四周还贴上了方方正正的瓷砖。

有人问，董事长，这墙砌了有什么用啊？当着面，谁也不会叫老林老土。

老土说，搞宣传。

搞宣传？问的人差点笑出来，心里说，您老人家也真是够土的了。要搞宣传难道不能装个超大的LED显示屏吗？怎么非要弄这么个落后于时代的土玩意？

后来，大家都知道了老土砌这么个墙是为了搞宣传。可是，宣传什么？怎样宣传？大家等着一看究竟。

老土有事没事就背着双手围着这面墙转，可能还在琢磨着如何做这面墙的文章。

办公室主任走过来出主意，说，董事长，我看就在上面画一个人像？

画人像？老土问，画谁的像？

画您老人家啊。办公室主任很兴奋，眼睛里透着光，您一定知道深圳有个伟人画像广场，那里有一幅伟人巨幅画像，每年有上百万各界人士前去瞻仰缅怀……

哪知老土不高兴了。他虎着脸说，那是一代伟人，我能和他比吗？再说了，我还没死呢，还没到让人到我的画像前瞻仰缅怀的时候。你咒我啊？

我绝对不是这个意思。办公室主任连连解释，您是我们这个企业的缔造者，没有您就没有我们这个企业的昨天、今天和明天，您就是我们企业的伟人。一见我们企业的大门，就能看到您的巨幅画像，是我们全体干部职工的共同心愿……

去去去——老土一挥手，办公室主任赶紧走了。老土不听他的，他感到很没趣。

总经理过来了，说，董事长一定在琢磨怎样用好这面宣传墙吧。

是的。老土说，总经理有什么高见？

我看啊，可以把我们集团的精神写上去。总经理发自肺腑地说，我来集团也有好几年了，真切地体会到艰苦创业过程中形成的"创业、创新、拼搏、奉献"的精神，是我们企业不可或缺的动力。干部职工一进企业就能看到，精神必然为之一振。

你说的有道理。老土先是点点头，但随后又说道，不过，集团精神既要发扬光大，但也要与时俱进，不断充实、完善、提高，现在就永久地写上去不太合适。

那倒也是。总经理不再说什么了。

老土就这样背着手，围着这面硕大的宣传墙转了好几天。后来看不到他转了，却见他把县文化馆的黄老师请来了。

黄老师也差不多七十了，但看不出来。他一身花衣，一头长发，颇有艺术家的风度。黄老师学美术出身，尤其擅长人物画。

老土把黄老师领进他的董事长室，一待就是大半天。办公室主任得意了，这老头，肯定还是把我的意见听见去了，不画自己的人像，为什么要把黄老师请来？为什么要整天陪着他？不过，他趁黄老师不注意的时候对老土耳语，现在都弄喷绘画，电脑制作，漂亮……老土不以为然，电脑弄的不好，褪色。

老土让办公室主任找人把脚手架搭好。

黄老师爬上脚手架，开始画了。

黄老师一手捧调色盘，一手拿画笔，画得很认真。每天都有不少人驻足观看。他们最关心的是黄老师画的什么内容。办公室主任以为画的是老土，但后来发现不像。他摇摇头，觉得这老头有点不可思议。

慢慢地，画像的轮廓出来了。大家自作聪明，议论开来——

原来画了一个女人。这女人长得不错，三四十岁。可是，她眼睛里的神情到底是期待还是哀怨呢？

快看，这个女人的身边依偎着一个女孩。对，肯定是她的女

儿。女孩水灵灵的。可是,她的眼睛里怎么透着一种与她年龄不相适应的成熟?不,那不是成熟,那是让人又怜又爱的眼神……

有母亲,有女儿,大家猜想,下面该是画男人,也就是画父亲了。有了男人,有了父亲,才是一幅完整的画,一个完整的家。可是,黄老师没有画新的人物,只是仔细地给那女人,给那女儿修改着,修饰着。人们期待着,期待着他画出一个男人来。可是,他却从脚手架上下来了,如释重负地说,画完了。

画完了?这就叫画完了?大家十分诧异,这画的什么画?不是还缺一块吗?

在大家不解的目光中,老土上了脚手架,拿起画笔,在黄老师留下的空白处写起字来。

他屏住呼吸,用尽全力,一笔一画地写着。人们觉得,他那不是写,而是刻,用心地刻。许久,几个大字跃然墙上——你安全,家才完整!

这老土,这画,这话,怎么都像他人那么土?

可是,职工们看了,眼睛却湿了。

父亲的情人

尽管进城很多年了,但是父亲仍然像在农村老家那样,总喜欢把照片往墙上挂。这不,墙上又多了一张女人的照片,并且和母亲的照片靠得很近。

那年放寒假回家,严凡一抬头,便看到那张照片,那张女人的照片，并且和自己母亲的照片挨在一起。严凡很不爽。他搬来椅子，就要爬上去把那张照片摘了。父亲一把拦住，说：“别摘，给我留个念想。”看着父亲那可怜巴巴的样子，严凡没有再坚持，但从此父子俩的心好像隔了层什么。

照片上那女人是谁？严凡不想问父亲，父亲也不可能告诉他。严凡常想，那肯定是父亲的情人，并且不是一般的情人。严凡想不通的是，既然是情人，他们为什么不结婚？母亲去世好多年了，父亲的年岁也不是很大，如果父亲把她娶回家，他应该是可以接受的。而父亲却是在家中挂上那女人的照片，并不把她娶回来，其中必有蹊跷，或者说父亲有父亲的难处。什么难处？最大的可能则是那女人是有夫之妇，有家庭有孩子。想到这一点，他都有点看不起父亲了，有时向父亲投去的还是鄙夷的眼神。

舅舅来了，看到了挂着的照片，那张女人的照片，火了，指着父亲的鼻子质问是谁。父亲就像没听到似的，一言不发。舅舅更火了，责问道：“说，是不是你的相好？你的老相好？”

见父亲还是一言不发，舅舅说得更难听了，甚至说母亲就是父亲和这个女人合谋害死的。舅舅的话，严凡是不会相信的，他绝对不相信父亲会做出这种事来，何况母亲遇车祸而死，交警大队是有勘查结论的。之后，舅舅就和父亲断绝了来往。

如今，严凡大学毕业，考进了市安监局，成了一名安监工作者。

严凡感到从未有过的轻松。他收拾收拾，准备到外面租房独住。他不想回家住了，不想天天看到母亲照片旁边的那个女人。

父亲叫住了他，指着那女人的照片说：“你不回家住，是不是因为这个女人？”

严凡没吱声，继续收拾着。

"你一定想知道这个女人是谁。"父亲显得出奇的平静,"今天我来说给你听。"

不管严凡想不想听,父亲还是说开了。

她叫……我就不说她叫什么名字了,那已经没有什么意义了,你就叫她阿姨吧。

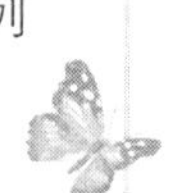

你母亲去世后的第二个中秋节,你从学校回来过节,我很高兴,就到菜市场买菜,买你最爱吃的野鲫鱼。在那里,我遇到了你这位阿姨。她是我初中同学。我初中是在老家上的,后来我到城里读了高中,还又考上了大学,有了一份体面的工作。自从到城里读高中以后,我就很难再遇到她。多年以后的再次相见,我们都很高兴,甚至有点小激动。慢慢地,我知道了她的一些情况。那时她的日子很不好过,丈夫莫名其妙地失踪了,她也从市化肥厂下岗,一时半会儿找不到工作,就到菜市场摆摊卖菜,既要维持生计,还要供上大学的女儿念书。她很可怜,我舍不得,很想帮帮她。当然,我承认,那时我对她的好感也在与日俱增。

你知道的,那时我在市安全生产监察大队做大队长。我经常带领大队的监管执法人员到企业进行执法检查。企业对我们,还是很当回事的。因为我们有执法权啊,事故隐患不整改,或整改不到位的,我们既可以批评教育,也可以实施经济处罚,也就是罚他们的款。情况更严重的,甚至可以责令他们停产整改。

一天,双丰农化公司的张总到我办公室来了。我知道,他是来和我拉关系的。双丰农化公司是一家农药生产企业,是安监部门监管的重点,我们经常去那儿执法检查,排查事故隐患,督促整改到位。

果然,张总掏出一个信封递给我。我知道那里面是什么,当即严肃地让他收起来。

过了几天,张总又来找我了。这次他没递给我信封,而是送给我一张小卡片。我一看,是一张提货卡,凭卡可以到城东的名烟名酒店领几条好烟和几瓶好酒。我让他收好,说我不抽烟不喝酒不需要这些东西。

又过了几天,张总通过我的一个老领导,也就是你认识的陈伯伯请我吃饭。我找了个借口,婉言谢绝了。

虽然我没有要人家的东西,也没有接受人家的吃请,但一来二去,和张总更熟了。他有事没事也喜欢到我办公室坐坐,和我诉诉办企业的苦衷。

这时,我想起了我那同学,也就是你阿姨。我对张总说,我有一个同学,家庭很困难,刚从市化肥厂下岗,有技术,也有体力,是不是可以到你们公司找个事做做。我说的是实话,没有半天虚假和夸张。张总说,好啊,我们企业正在招工呢,像这样的对象打着灯笼也难找啊。我再三关照,就到车间做一个普通工人,享受普通工人的待遇。张总说,这个你放心,我会对你负责的。张总说到做到,确实把你阿姨安排在车间的生产一线,也没有给予什么特殊的待遇。

因为有了这层关系,我时时刻刻总觉得欠人家企业一点什么。不知不觉中,到双丰农化公司执法检查少了,即使去也是睁一只眼闭一只眼,总拉不开脸面。张总呢,对我也像老朋友似的,有时还放肆地在我肩上背上拍几下。这在以往,是从来没有过的。

后来,双丰农化公司一号车间发生了一起有毒气体泄漏事故,你阿姨那天正好当班……事后调查发现,这起事故是完全可以避免的,只要把平时的安全检查当回事……

你阿姨就这样走了,我还没来得及告诉她我喜欢她……我不

敢去送她最后一程，一来我心中有愧，二来我也怕人家说三道四。我借事故调查之便，悄悄地从她入公司时的登记表上用手机翻拍下这张照片，放大后挂在家中，说是留个念想，其实也不全是。明天你就要走上安监岗位了，我对你说说这件事，就是想告诉你，做安监工作啊，必须铁面无私……

父亲流泪了，嘴唇翕动着，但说不出话来了。

对着那张照片，那张女人的照片，严凡直直地站立，随后鞠了一躬。

同桌的你

今天是星期天，蓝薇也休假，益凡鼓了鼓勇气，给她一个电话，把她约了出来。见面的地点就定在金丰路沪丰发艺的门前。

与蓝薇再次相逢实在是一个意外。大学毕业，益凡应聘到这家在苏北很有名气的棉纺织厂做安全员。第一天上班，在厂区的宣传画廊前，他就看到一个身材高挑，长发飘飘的年轻姑娘。画廊里布置着职工的书画作品，那位姑娘看得非常专注。

这姑娘年龄和自己差不多，这不是重要的。重要的是益凡觉得这姑娘非常眼熟，好像在哪里见过，尤其那一头长发。可是，可是一时又想不起来。

第二天上班时，在厂里的车棚那边，益凡又见到了正在停电动助力车的那位姑娘。姑娘依然是那样亭亭玉立，长发飘飘。正当益凡情不自禁地向姑娘投去温情目光的一刹那，姑娘突然兴奋地叫了起来:“益凡,怎么是你?”

益凡懵住了:咦,她怎么认识我?

再一看,益凡随即惊叫起来:“蓝薇,是你?真的是你吗?”

“是我,是我啊!”那位叫蓝薇的漂亮姑娘激动得跳了起来。

怪不得我觉得眼熟呢。益凡终于找到了答案,原来是我高一时的同桌啊。

益凡没记错,蓝薇确实是他高一时的同桌。

开学了,益凡走进了高一的教室。让他没有想到的是,和他同桌的是一位女生,一位有着一头秀发的名叫蓝薇的女生。上高中了,还和女生坐一桌,尽管有同学笑话,但不知咋的,他并不排斥,甚至有点庆幸,感到自己非常幸运,何况是这样一位漂亮的女生。

蓝薇确实很漂亮,而且漂亮得和别的女生不同。别的女生不少也有着一头秀发,但她们总喜欢扎成马尾巴,而蓝薇不扎,很随意地披在肩上,自由自在。有时候她身子一转,头发便从益凡的脸上划过,痒痒的,直往他的心里去。那种感觉,好美妙。

对于益凡有一个美女同桌,那帮男同学个个都羡慕嫉妒恨,好几回,他们都偷偷地弄些恶作剧,比如,悄悄地把蓝薇的几根头发缠在益凡的纽扣上;比如捡一根蓝薇的长发郑重其事地送给益凡作书签……

坐在一个座位上,益凡和蓝薇也显得非常的默契,一个眼神,一个手势,他们都能读懂对方的意思。

时间过得很快,眼看一个学期就要结束了。一天课间,蓝薇不无伤感地对益凡说,过几天她很可能就不来上学了。

不来上学?怎么了?益凡问。

蓝薇告诉他，他的爸爸去年因肝癌去世了。为了给爸爸治病，家中欠下了一大笔债。现在债主逼债逼得厉害，如果不能通融，只有她辍学回家打工还债。

益凡隐隐约约知道蓝薇的爸爸不在人世了，但并不知道她的家境如此困难。他从内心里希望蓝薇能够继续把书读完，继续和他坐在一张学桌上。

然而，蓝薇终究还是辍学了。益凡好一阵难过。一个叫大壮的同学取笑他，他竟然和人家干了一仗。后来，益凡到音像店买了一张老狼的叫《同桌的你》的光碟，包得严严实实的，说是一本书，请蓝薇的一个闺蜜带给她。后来，益凡听说蓝薇到一家棉纺织厂打工了。再后来，益凡就再也没有得到过蓝薇的消息。如今，大学毕业工作，却和自己当年的同桌相遇了，益凡真是喜出望外。他看得出来，蓝薇也非常高兴。

从同事益凡那儿得知蓝薇至今仍然没有男朋友，不是没有人追求她，而是她似乎对任何男人都不感兴趣，除了上班，就是回家照应体弱多病的母亲。她一直很漂亮，引领着全厂的时尚，只要是她喜欢的衣服，马上就会在全厂的姐妹中流行开来。她有着一头长长的秀发，而全厂的姐妹也都长发飘飘。女工有着一头长发，几乎成了这家棉纺织厂的独有标志。

六七年的磨炼，蓝薇已经成为这家企业纺纱车间的班长。益凡经常到车间进行安全检查，每次都会忍不住多看她几眼。那时，她穿着白色的围裙，长发被白色的工作帽裹着，但仍然不失靓丽。有时，不知有意还是无意，白色的工作帽被她丢在了一边。益凡走过去，拿起来，递给她，她不好意思地笑笑，浅浅的，却让人顿生怜爱。

益凡觉得自己好像爱上了蓝薇，总想对她表白点什么，但总是鼓不起勇气，直到那一天。那一天他和蓝薇坐在职工食堂同一张桌子上用午餐，突然，蓝薇的手机来电话了。电话响起，铃声却是老狼的那首《同桌的你》。几乎是在同时，益凡也有电话打进。益凡的手机铃声早就被他设成老狼的《同桌的你》了。一时间，老狼的歌声此起彼伏，他们会心地一笑，赶紧摁掉，害怕周围的工友窥得他们的秘密。

在想什么呢？不知什么时候，蓝薇已经来到了益凡的身边。今天的蓝薇穿一身休闲服，一头秀发仍然随意地披在上面。

一边想你，一边等你啊。益凡装出半开玩笑半当真的样子说。其实，他是认真的，但总觉得要悠着点。

蓝薇显然比益凡大方。她的身后就是沪丰发艺，这座小城有名的美发店。她看着益凡，笑着问："你把我约到这里，是想给我把长发盘起吗？"

"不！"益凡说，"今天，我约你来只想让你把长发剪短。"

"剪短？"蓝薇问道，"为什么？"

"你不知道纺织女工不能留长发吗？"

蓝薇站在益凡面前，直直地看着他的眼睛。

"听话，把头发剪短吧。为了我，也为了厂里那些姐妹。"益凡动情地说，"其实，我早已在心中把你的头发盘起。"

蓝薇的身子靠向了益凡，眼里的泪花一闪一闪的。

局长热线

下班后铜锁一直磨蹭着没有回宿舍。他要打个电话，给县质监局长打个电话。他没有手机，他想趁人少时到离公司不远的小卖部打。那里有一部公用电话。

铜锁到公司上班快半年了。以前，他一直在家种田。他没上过多少学，其他事情做不了，只能靠种庄稼吃饭。后来公司到他的村子招工，说这工作简单，不需要多少文化。于是，他就来了。其实，要不是孩子大了用钱多手头紧，他是不会来的。他还是觉得在家种田自在。

这工作确实简单，但是马虎不得。因为车间里有好几只罐子一样的东西，工友们叫它反应釜。那里面全是有毒有害的物料，一泄漏就会出大事故。刚来时公司组织岗前培训，培训的专家就是这么说的。专家还告诉他们，罐子上装了一只安全阀，只要压力超过了，它就会叫，它一叫，大家就得赶紧往外跑。可是，铜锁发现，那只安全阀好像被生产科的人动过了，一直就没有叫过，有几次压力表指针都过了红线了，它也没动静。

铜锁向车间主任反映。车间主任看了，说，马上汇报到公司。可是，车间主任汇报后，公司却没了动静。车间主任据说也催促过，让公司抓紧安排人来查一下，可到现在也没见到人影。

专家说的话铜锁记得很牢，那东西一天不修好他心里就一天不踏实。他知道县质监局是管特种设备安全的，质监局说的话公司不敢不当回事。因此，他拿定主意给县质监局长打个电话。上次培训时有人给他们发了个宣传材料，那上面印着一行大大的字——县质监局长热线电话……那张纸头，他一直留着。

见四下无人，铜锁照着纸头上的号码拨了起来。他很紧张，心怦怦地乱跳，好在小卖部那老头正在打瞌睡，并没有过多地注意他。电话还就接通了——

你好！这里是质监局长热线电话，有事请讲。一个女人的声音传来。

喂，我向局长反映个情况。铜锁对着话筒说开了。他没想到，他竟然说得那么流利。

好的，我听清楚了。这样吧，我会立即安排人到公司查处你反映的情况。最后，局长还感谢他，感谢他对特种设备安全工作的关心。

电话打完了，铜锁感到轻松了许多。

以后的几天里，铜锁天天留意局长安排的人是不是来了。可是，他失望了。几天过去了，他没有见到局长安排来的人，那只安全阀还像聋子的耳朵一样竖在那儿。

铜锁觉得应该再给局长打个电话，问一问到底是怎么回事。

电话打过去了。局长说，你不要着急，我来查一查，你要么给我留个手机号码，我查清后把情况反馈给你，要么你过半个小时再把电话打过来。

铜锁没有手机，他说他过半个小时再打。

约莫半个小时之后，铜锁把电话打了过去。局长告诉他，她已经查过了，上次她通知了分管副局长，副局长安排了科长，科长又安排了科员。可能科员这两天比较忙,过几天就赶过去。

铜锁觉得这个局长真不容易,手下有那么多人需要安排,何况还是个女的,换作他肯定干不了这活。人家科员忙,他也不好多说什么,只是在心里盼着早点能来。

然而,又是几天过去了,仍然没有见到局长安排来的人。

铜锁想给局长再打个电话,但犹豫了。犹豫再三,觉得这个电话还是要打。在他看来这不是个小事,总是这样拖下去不是办法。

电话再打去时,刚一开口,人家局长就知道是他了。局长连连说着对不起,说是这几天科长他们都在忙着,马上会安排副局长亲自去一趟。

局长如此重视,铜锁不好再说什么了。

可是,以后的几天,铜锁并没有见到什么副局长过来。他觉得不管是谁过来,肯定会到他们车间,一到车间他就会看到他们。当然,他也不是二十四小时都在班上,也有下班休息的时候,他们来了他也有可能遇不着,但是那个安全阀没有修好,这是明摆着的事实啊。

铜锁还想给局长打电话,但想来想去还是没有打。他怕在电话里和人家局长吵起来。不管怎么说,自己是一个男人,局长是个女的。男人和女人吵,会被人看不起的。

这事就这样搁了下来。还好,虽然那个安全阀不起什么作用,但并没有发生什么事。车间里一直很太平。慢慢地,铜锁差不多把这事给忘了。

一天中午下班,铜锁和车间主任他们一起到食堂吃饭。他看到公司老板正和一位胖胖的,头上没几根头发的中年男人一边说着话一边往二楼走。二楼有一间包厢,听说装潢得很漂亮,各种名酒应有尽有。车间主任悄悄地告诉铜锁,那个头上没几根头发的胖子是县质监局的赵局长。车间主任说他见过赵局长,认识。铜锁不由在心中好笑,你还见过,你还认识,做你的大头梦吧,你连局长是男是女还不知道呢。

吃着饭,铜锁想想还就觉得不对劲。从刚才的情景看,老板肯定也把那人当作赵局长了,要不不可能陪他吃饭,并且是到二楼的包厢吃饭。现在什么样的骗子都有,那人莫非是个骗吃骗喝的骗子?铜锁起了疑心。

铜锁觉得老板人很和气,一点架子都没有,上次还曾拍着他的肩膀问他家在哪儿,让他感动了好长时间。老板还一向要求工人们把公司当作自己的家一样爱护。现在有人骗到公司的门上了,我还真得提醒提醒老板。

吃好饭,铜锁没有回宿舍。他装着看电视留在了食堂,可是眼睛却一直向外看去。

好不容易老板陪着那个头上没几根头发的胖子从二楼下来了。随后,老板又把那人送上了车。车开走了,老板转身就要离开。

"老……老板,那人是谁啊?"虽然老板人很和气,可铜锁还是有点心慌。

"噢,县质监局的赵局长。"老板看他一眼,还像过去一样和气。

"不对啊老板,这人可能是个骗子啊。"铜锁说。

"瞧你这话。"老板白了他一眼,"你怎么能这样说?"

"县质监局的局长是个女的啊,而刚才那人是个男的。"铜锁认真地说，“我不骗你啊老板，我和局长说过话，在电话里。”

“你打过县质监局长的电话？”老板诧异了。

“是的，就是那个局长热线电话。”铜锁说着，从裤袋里掏出那张皱巴巴的宣传材料递给老板，“您看，就是这个号码……”

“你啊……”老板又好气又好笑，“不错，这是县质监局长热线电话，可那是人家的工作电话啊。接电话的是局里的工作人员，不是局长本人。你也不想想，局长整天亲自接这电话，还要不要做其他事情了？”

“这……”老板的话让铜锁听得云里雾里。

“对了，你有事没事打那局长热线电话干什么？”老板似乎想起了什么，追问道。

铜锁一吓，撒腿就跑，边跑边想，你局长不亲自接的电话，为什么要叫局长热线电话呢？这一点，他怎么想也想不明白。

唯一条件

金鑫公司又出事了，刚刚三十出头的工人聂进在事故中不幸身亡。

在配合安监部门展开事故调查的同时，公司老板王林安排副总李明抓紧进行死者善后。尽管心存愧疚，但王林还是要求李明善后时一定要注意策略，对于死者家属提出的条件，千万不能爽爽快快地答应，必须讨价还价，不到万不得已不可让步。人死不能复生，往往在善后时死者家属会提出这样那样的条件，尤其经济补偿肯定会狮子大开口。金鑫公司前几年发生过事故，王林对此有“经验”。

聂进是老板王林作为人才从其他公司“挖”过来的。聂进人老实，技术精，也肯干，王林对他很满意。其实，对于车间存在的安全隐患聂进是有所觉察的，也曾多次提醒王林重视整改。怪就怪王林疏忽大意，一拖再拖，迟迟没有落实。事故发生后，车间主任哭着向王林汇报，事故发生时聂进的第一反应是赶快逃生，并且已经跑到门外，但他回头一看，一名刚进公司的工人吓蒙了，愣在那儿发呆就是不往外跑。聂进连忙折了回来，使劲把那名新工人推了出去，自己却……这些王林不会忘记，他在心中已经拿定了主意，等善后结束他会通过一定的形式有所表示。但是目前，他不能开这个“口子”。他不能保证他的企业以后不出事，一旦再出事，善后起来就被动了。

聂进的妻子赵静正在家中待产，当得到聂进遇难的消息时，只说了一句“不能让老太知道”就昏死过去，随后便被“120”接到了医院。

善后说到底就是谈条件，而死者唯一的亲属却进了医院，这条件还怎么谈？聂进是个孤儿，从小父母早逝，是老太一把屎一把尿拉扯大的。如今老太九十多了，一直卧床不起，知都不能让她知道，和老人家谈条件，想都不要想。

这怎么办呢？等是等不得的，聂进的尸体在殡仪馆放着，善后不结束是不会火化的，一天不火化，一天就不能了结。

看看聂进老婆赵静那边有没有什么可以理事的人。王林对李明说。

李明说,我早了解过了,赵静的父母不在了,她又是个独女,没有什么近亲。只是有个表兄,在村里当副主任,不知能不能先请他出面谈。

可以啊,我请熟识的人跟赵静表兄打个招呼。王林想,只能如此了,有人出面总比搁在这儿好。

赵静表兄请来了。他先是把王林痛骂了一顿,然后闷着头抽烟。

你的心情我理解,你骂我也骂得对。王林递给他一包烟,说,事已至此,我们都面对现实吧。

赵静表兄说,我先谈着可以,但我不能拍板,最后拍板只能是我表妹。

这个我知道,这个我知道。王林连连点头。

这时,有人过来对着王林的耳朵说,赵静醒过来了,痛哭一阵后,精神状态还不是太差。

那我们不如直接到医院和赵静谈。赵静的表兄提议道。

合适吗?王林拿不定主意。

应该问题不大。这样吧,我把她表嫂也叫来,如果有什么事,有个女人在也好帮一把。赵静的表兄说着,便给老婆打电话。

这样也好。王林说,我让李副总和你们一起去,一切由李副总作主,马上安监局的同志还要找我谈话,我……我就不去了。其实,王林心里有数,这个时候他是不能出面的,他一出面就没有退路了,他必须找个借口。

老板不去,却让一个副总去,尽管心里不高兴,但人家的理由还说得过去,赵静的表兄只好陪李副总去医院,去见赵静。

李副总走了,但王林还是不踏实。他担心到时赵静一把鼻涕一把泪,李副总心会犯软。这么想着,他又编了条短信给李副总发去,要他千万守住底线。他不敢打电话,他怕和李副总在一起的人听到。

然而,李副总他们去了没多久,电话来了,说是赵静不和李副总谈,要老板王林过去,她当面和他谈。

王林不想去,也不能去。他说,我正在接受安监局同志的调查,走不了啊。

电话那边说,赵静说了,她可以等。

王林说,安监局的同志找我谈话,一时半会儿结束不了。他要赵静的表兄转告赵静,一切全由李副总做主,李副总答应的就是他答应的。

可是,赵静就是不同意。她态度很坚决,她非得和老板王林谈,面对面地谈。只有老板王林亲口答应了,她心里才踏实。

这怎么办呢?看来,躲是躲不过了。王林想,还是硬着头皮去吧。人家丈夫都不在了,要我亲自去谈善后我都不去,传出去也不好。再说了,提什么样的条件是她的事,答不答应就是我的事了。

王林去了,在市医院一产科病房里见到了赵静。其实他和赵静熟识,今年春节公司聚餐,聂进曾领着她给自己敬过酒。

李副总他们都在。

王林首先代表自己,代表公司向赵静表示歉意,说实在是对不起聂进,对不起赵静。并说,赵静有什么条件尽管提,只要不过份,他都是会答应的。

赵静倚在病床上,显得非常难过,但又显得特别坚强,看得出她在坚持着,支撑着。她说,她没想到会出这样的事,更没想到这

样的事却夺走了她的丈夫。说着说着，哭了，说不下去了。王林想，这肯定是赵静提条件前的铺垫。

过了好一会，赵静才接着往下说，聂进曾经对我说过，你的公司这几年总是出事故。不能总是出事故啊王老板，看在我这样的人的分上，看在我肚子里孩子的分上，你也不能让公司总是出事故啊……

是，是。王林头上冒汗，无地自容。

至于提条件，我没有多少要提。什么补偿金、抚恤金，包括丧葬费，刚才李副总都说了，上面有规定，你们按照上面的规定办就是了。赵静说，要谈条件，我只提一条，唯一的一条。

你说……你说……王林嘴上这么说着，心里却一阵一阵发怵。

你也知道，聂进是个孤儿，是由他老太一手拉扯大的，他们感情深着呢。到现在，她老人家还不知道聂进没了……我只想请王老板您隔三岔五就到老太的床头，让她摸一摸……老太人老了，眼睛看不见，耳朵听不到，话也说不了了，但她心里想着聂进……聂进身材和您差不多，左耳耳垂上有个肉疙瘩，您也有，应该可以蒙得过去……赵静说着，蓄满泪水的双眼看着王林，充满期待。

这……这……赵静提出的唯一条件让王林始料不及，他傻了，嘴张着，就是发不出声音。

赵静腆着肚子，艰难地挪下床，对着王林痛苦地躬下身子，说，王老板，我为难您了……

有多少爱可以重来

李倩是杨建微信上摇来的女友。

中秋节过后，单位安排杨建来到这座城市的一个市级机关挂职锻炼。挂职锻炼的“职”实际上是个空头衔，并没有多少事情可做，杨建整天无聊得很。加上那时处了三年的女朋友与他分手了，他的心里一直很空虚。

分手，是因为女朋友移情别恋。其实，对于女朋友的变化，杨建是有所感知的，只是没有往坏处想罢了。杨建经常给女朋友微信，但女朋友很少及时回复。当杨建追问原因时，女朋友总是以“没看到”，或“在开车”等理由搪塞。“回微信的速度等于感情的程度”，这是杨建从微信朋友圈中看到的名言。现在，他对这句名言坚信不疑。

星期天的晚上，杨建一个人进了一家叫“伤离别”的酒吧。“有多少爱可以重来，有多少人愿意等待，当懂得珍惜以后归来，却不知那份爱会不会还在……”酒吧里，长发歌手正十分卖力地唱着迪克牛仔那首《有多少爱可以重来》。他听着，心里却说不出是什么滋味。要了一瓶啤酒，他一边喝一边漫不经心地玩起微信。也就这么轻轻地摇了摇，一个新朋友钻了进来。新朋友昵称叫“妞妞”，头像是一张美女照。不过，看得出这不是她真实的照片，而是系统里面的。“妞妞”告诉他，她也在这家酒吧。放眼寻去，不远处一个年轻貌美的女子正手拿一只白色的手机，在酒吧的一角对他笑呢。

他走过去。女子款款地站起，微笑着迎候他，一切是那么自然，仿佛不是今天才相识，而是相交多年的好友。杨建借着酒性，夸夸其谈，海阔天空。女子话不多，但听得很耐心。那天晚上，杨建最大的收获就是知道了那女子叫李倩，开有一淘宝店，目前还没有男朋友。

之后，杨建经常给李倩发微信，有事没事，什么都谈。对于她在朋友圈发的照片或是转发的那些“心灵鸡汤”，他总是第一个点赞。李倩很少主动给杨建微信。对于杨建给她的微信，有时回得很及时，有时却回得很慢，甚至半天都不见一条回复。对此，杨建并不计较，觉得那是女孩的矜持。他其实是喜欢这样的女孩的。

计较李倩不及时回复微信，是在两个月之后。那时，杨建和她已经处得很好，每次送她鲜花她也很高兴地接受。她也曾送过杨建礼物。杨建那条几乎天天戴的天蓝色真丝领带就是她送的。有时，她也主动给杨建微信，但有时整天没消息。杨建给她微信她不回，打她手机也不接。

杨建觉得受不了了。他知道，他是爱她的。正因为爱，所以计较。杨建经常问自己，李倩爱自己吗？如果不爱，为什么有时主动给他留言？如果爱，为什么有时又那么反常？他拿不准。他经常想起她的前女友，想起那句“回微信的速度等于感情的程度”的名言。

李倩为什么不能及时回复自己的微信？杨建曾经尝试弄清原因。李倩说，有时是“没看到”，有时是“开车发货”，让他不要胡思乱想。与前女友如出一辙的理由。杨建都有点怀疑她的人品了。

杨建一直很纠结。他曾下过决心，不再微信李倩，最长的时间曾经一天都没有联系她。然而，那样的日子并不好过，虽然没有联系她，但他却一直把手机抓在手上，时时关注李倩会不会给他发微信。也有想彻底和她了结的想法，可是李倩一个微信或一个电话过来，他又完全崩溃了。

杨建彻底爱上李倩了。他觉得他必须和李倩挑明，她必须及时回复他的微信。如果有什么不方便，请老老实实告诉他。他想，一个开淘宝的女孩，如果没有其他男朋友，有什么不方便的呢？李倩答应了，但似乎有些勉强。杨建又补充了一句，如果做不到，他们就没办法往下处了。李倩肯定听明白了。她使劲地点点头，看得出她下决心了。

那天处长给了他两张刘德华大型演唱会的入场券。要知道，刘德华到这座小城开演唱会是很难得的，他这个挂职干部能得到两张入场券更是不容易。他当即给李倩发微信，要她到时一起去看。这次李倩回复得很及时。他微信刚发出，李倩的回复便到了，虽然只有一个“好”字，但足以让他喜出望外。

后来，处长让他校对一份文稿，他也就没有再给李倩发微信。当然，李倩也没有给他发微信。晚饭过后，他忍不住给李倩发了一条微信，但他失望了——李倩久久没有回复。他再发微信，还是没有回复。他的心中充满了怨怼，充塞着愤怒。真是，能谈就谈，不谈就算了，谁也不稀罕谁。这么想着，他便给李倩打去电话。

电话无法接通。再打，还是无法接通。杨建更急了。他突然想起李倩有一个好朋友，叫小茹。以往联系不上李倩时，他好像曾打过她的电话。他好一阵找，终于找到了小茹的电话。电话那头，小茹告诉杨建，李倩出事了，正在市一院重症监护室抢救，非常危急。

李倩出事了？杨建来不及多问，叫了一辆的士，赶紧向市一院赶去。

重症监护室门前，围着好多人，小茹也在。她把他引到一边，告诉道："李倩上班的化工厂今天出安全事故了。她所在的车间是禁止带手机进入的，然而今天，她却偷偷地把手机带了进去，不知是接电话还是发微信，引发了爆炸……"

"李倩在化工厂工作？"杨建简直不敢相信自己的耳朵，"她说她在家开淘宝啊。"

"哦，我想起来了。"小茹说，"她曾有一个男朋友，都到了谈婚论嫁的地步了。后来，男朋友的家人嫌弃她在化工企业工作……你们刚开始谈，她怎么敢告诉你真话啊。"

杨建的头"轰"地一下，眼前一片漆黑……

此时，不知咋的，杨建再一次想起他们那天相识的情景。"有多少爱可以重来，有多少人愿意等待，当懂得珍惜以后归来，却不知那份爱会不会还在……"那首《有多少爱可以重来》又在他的心头唱响。他流泪了，不是因为那个长发歌手唱得动情。